夢泥棒

女だてら　麻布わけあり酒場3

風野真知雄

幻冬舎時代小説文庫

夢泥棒

女だてら　麻布わけあり酒場3

目次

女だてら　麻布わけあり酒場

主な登場人物

小鈴《こすず》　麻布一本松坂にある居酒屋の新米女将《おかみ》。
亡くなったおこうの娘だが、十四歳のときに捨てられた。

星川勢七郎《ほしかわせいしちろう》　隠居した元同心。源蔵・日之助とともにおこうの死後、店を再建する。

源蔵《げんぞう》　〈月照堂《げつしょうどう》〉として瓦版《かわらばん》を出していたが、命を狙われ休業中。

日之助《ひのすけ》　蔵前の札差《ふださし》〈若松屋《わかまつや》〉を勘当された元若旦那。
「紅蜘蛛《べにぐも》小僧」と呼ばれる盗人《ぬすっと》の顔を隠し持つ。

おこう　多くの客に慕われていた居酒屋女将。何者かによる付け火で落命した。

第一章　心配性

一

「さあさあ、小鈴《こすず》ちゃん。早く見せてくれよ」

と、源蔵《げんぞう》が急《せ》かした。

小鈴の新しい着物ができてきたのだ。もっと早くできたのに、小鈴がすこしでも長くここにいてくれるようにと、呉服屋にはわざわざ遅らせるよう言ってあったのである。

だが、女将《おかみ》としてやっていきたいという決意を聞いたものだから、今度はすこしでも早く持ってきてくれと頼んだのだった。

源蔵と日之助《ひのすけ》は階段の下で着替えが終わるのを待っている。

「鈴の柄の着物姿は、おこうさんに見せてやりたかったですね」

と、日之助は小声で言った。

「日之さん。それを言っちゃ駄目だぜ。小鈴ちゃんがつらくなる」

「でも、小鈴ちゃんはおこうさんのことを怒ってるんですよ」

「怒ってはいるけど、憎んではいねえ。好きだから怒ってるんだよ」

「なるほど。たしかにそうかもしれませんね」

日之助はうなずいた。

「お待たせしました」

上から小鈴が呼んだ。

二人はいそいそと二階へ上がった。

「どうでしょう?」

小鈴は両袖《そで》を広げ、くるりと回ってみせた。

肩上げも裾《すそ》上げもしていない。きちんと採寸して、小鈴の身体《からだ》にぴったり合わせてつくった着物である。そのために、全体がすっきりしている。

色もいい。紋が濃い藍《あい》色で、地は薄藍だが、その藍が輝きを持ったように鮮やかである。葛飾北斎《かつしかほくさい》の富士を描いた浮世絵の藍色は、こんなふうではなかったか——

と、源蔵は思った。

小鈴がまた、いかにも嬉《うれ》しそうな顔をしている。若くきれいな娘が、お洒落《しゃれ》を楽しんでいる。いつもならまだ化粧はしておらず素顔のままなのに、もう薄化粧をほどこしているのも、着物のお披露目のためだろう。

「ほう」

源蔵がため息をつき、

「うん」

日之助が満足げにうなずいた。

「よく似合うぜ、小鈴ちゃん。こんなおやじでも、なんだか胸がきゅうんとしちまうくらいだ」

「ほんとだよ」

「そうですか。でも、こんな小紋があったんですね」

と、小鈴も嬉しそうである。

小さな鈴が並んでいる。歩くとちりんちりんと音がしそうである。

「こりゃあ、お客も大喜びだぜ」

「でも、女将っぽくはないですね。すこし子どもっぽいかもしれませんよ」

小鈴はたもとを広げながら言った。

「子どもっぽい？」

「ええ。金魚の柄ほどじゃないけど」

「ふうむ。たしかにかわいいが、風格はないか」

源蔵がそう言うと、

「だって、小鈴ちゃんはいくつですか。いまから風格が出ても困りますよ」

日之助は呆《あき》れた顔をした。

「そら、そうだよ。小鈴ちゃん」

「たしかにそうですね」

と、三人で笑った。

「あたし、髪を変えようかなあ」

小鈴はかんざしに手を添えて言った。

「どうしてだい？」

「やっぱり女将なら、たとえ駆け出しでも島田に結ったほうがそれっぽいかなと思ったんです」

江戸の女の髪型は島田髷《まげ》が断然多いが、小鈴の髪は銀杏返《いちょうがえ》しになっている。もとどりを左右にわけて、半円の形に結うもので、この髪をしているのはそう多くない。

「そんなことは関係ねえ。銀杏返しってのは野暮な女がやると見苦しいが、小鈴ちゃんのはよく似合ってるって、お九《きゅう》も言ってたぜ」

「あ、お九さんが言ってくれたなら大丈夫ですかね」

常連客で湯屋の若女将でもあるお九は、皆からお洒落だと言われているのだ。小鈴もかんざしや帯の色のことで何度か相談したりしていた。

「自信持っていいよ、小鈴ちゃん」

と、日之助が言った。

「ありがとうございます。着物も嬉しかったです」

子どもみたいにぺこりと頭を下げた。

「いやあ、礼を言うのはこっちだ。小鈴ちゃんに女将をやってもらえるなんて、こんなに嬉しいことはねえよ。なあ、日之さん」

「ほんとだよ」

「でも、お客さんと接するのは難しいですよ」

小鈴がそう言うと、

「小鈴ちゃんは、よくやってるぜ。おれたちのほうがど素人《しろうと》だ」

「ええ。小鈴ちゃん、星川《ほしかわ》さんと三人でおこうさんの真似《まね》をしてきたみたいなところはありますよね。小鈴ちゃんのほうが客はずっとくつろいでいるように見えるよ」

二人は小鈴を励まそうとする。

じっさい、そうなのである。それはおこうと比べたら、動きが慌ただしかったり、落ち着きというものが足りなかったりする。

だが、客たちがこの店に来て腰をかけ、小鈴とやりとりをしながら酒を一口二口飲むうちに、緊張がほどけていくのが傍目《はため》にもよくわかるのである。

水商売にありがちな、思わせぶりな愛想を投げかけるわけではない。むしろ、言葉使いなどは素っ気ないくらいである。それでいて、客をやさしく迎え入れている。

間違いなく、小鈴の向こうにはおこうが見えている。

「でもね、あたし、不思議なんですよ」

「なにが？」

と、源蔵は訊《き》いた。

「皆の母の評判を聞いていると、それってあたしの母親のこと？　って思ったりするんです」

「どういうこと？」

「なんだか菩薩《ぼさつ》さまみたいに思われてたところがあるでしょう？」

「たしかに」

源蔵がうなずき、

「でも、そういうところはあったと思うよ」

日之助は小鈴に言い聞かせるように言った。

小鈴は遠くを見るような目をして、

「やさしかったのはたしかです」

「だろ？」

「それにきれいな人でした」

「それは亡くなる前までそうだったよ」

「娘のあたしも憧《あこが》れていたくらいです。でも、それだけじゃなく、母はなんていうのか、ちょっと変わったところがある人でしたよ」

と、小鈴は言った。

「変わったところ？」

源蔵はぽかんと口を開けた。

「考え方とかもふつうの人とは変わっていたのかなあ。自分の意見がある人で、容易にゆずらないところもあったし、だから、父の実家とも合わなかったんです」

「へえ」

源蔵は日之助と顔を見合わせた。おこうと夫の実家が合わないとか、そんなことは思いもしなかった。亡くなってから現われてくる新しい顔。これだから人というのは不思議なのだ。

「話を聞いてると、母はいつもにこやかで包容力があって、皆をやさしく受け止めていたみたいじゃないですか？」

「まさにそうだったぜ」

源蔵はうなずき、

「小鈴ちゃんが見ていたおこうさんは違ったのかい？」

と、日之助が訊いた。

「なんか違うんですよね」

「にこやかじゃなかった？」

「そりゃあ笑ったり微笑《ほほえ》んだりしているときはありましたよ。でも、厳しい顔で、ちょっと近寄りがたいようなときもありました」

「怒ったりも？」

と、源蔵が訊いた。

「もちろんありましたよ」

「たとえば、どんなときに？」

「たとえばですか……ああ、母がいなくなる一年前くらいだったでしょうか。父が医者の仕事をしているところの掃除などをしていた、おつたちゃんという女の子がいたんです。あたしより二つくらい年上でした。その子が、自分も医者になるための学問がしたいって言ったことがあったんです。あたしはそれを母に伝えたんです。おつたちゃん、医者になる学問がしたいんだって、鍛冶屋《かじや》の娘なのにって。近所の鍛冶屋の娘でしたので……」

小鈴の顔が緊張していた。

「……母はあたしの顔を見ました。厳しい表情でした。あたしは自分がドブから這《は》い出たネズミにでもなった気がしました。それくらい厳しい顔でした。小鈴、鍛冶屋の娘が学問をしてなにがいけないの？　と、訊かれました。なんだか白っぽい声でした。だって、おつたちゃんが医者の勉強したって、医者になんかなれっこないじゃない。あたしはそう言い返しました。どうして、女だから？　母はまた訊きました。あたしは答えました。女の医者なんていないじゃない。だから、それもあるけど、息子だったらもっとなれない。鍛冶屋の息子は医者にはなれない。あたしも母の剣幕に対抗しようという気持ちがあったんだと思います……」

「それで？」

源蔵はつづきをうながした。

「母はちょっと遠くを見るような目をしました。それから、こう言いました。いまはなれないかもしれない。でも、いつかきっと、鍛冶屋の娘が女だてらに医者になることが不思議でもなんでもない日が来るんだって」

「ほう」

源蔵は目を瞠《みは》った。

「あたしはまた、反骨心みたいなものがぐぐっと持ち上がってきました」

「小鈴ちゃんもけっこうお俠《きゃん》なところがあるからな」

と、日之助が微笑んだ。

「分不相応ね、とあたしは言いました。人には分相応ってものがあるんだよ。手習いの先生だってそうおっしゃっていたよって。すると、母は笑いました。分相応なんて、ちゃんちゃらおかしいって」

「ちゃんちゃらおかしいとね」

源蔵はつぶやいた。おこうがそんなふうに言うのを、聞いたことがあっただろうか。

「その言い方は、なんて言うのか、どこかふてぶてしいような、もっと悪く言うとやさぐれたみたいな感じさえしました。恐かったです。あたしはその恐さに立ち向かう気持ちで言いました。女だてらに医者だなんて、馬鹿みたいって。すると、母がこう言ったのも覚えています。いいかい、小鈴。馬鹿みたいなことに挑める人だけが、絶対にできないと思えたことを成し遂げられるんだよって」

「………」

「もしかしたら、別のときだったかもしれません。母は、こんなことも言いました。世の中には、他人の夢を馬鹿げたことだと諦《あきら》めさせようとする人はいっぱいいる。でも、自分でそれをやってちゃおしまいだって」

源蔵と日之助は小鈴の顔を見た。

すこし怯《おび》えたような顔になっていた。

「そんなときは、恐かったですよ」

「でも、あのなんともいえないやさしさは……?」

日之助はすこし不安げな顔で言った。

「ええ。やさしかったです。でもあたしは、母は女っぽいというより、むしろ男っぽい人だったような気がします。それに、強い人でもあったと思います」

「へえ、男っぽくて、強い人ねえ」

源蔵は目を丸くした。

「星川さんには聞かせられないですね」

と、日之助は言った。

上の三人は気づかなかったが、じつは星川が階段の下に来ていたのである。途中からだが、ちゃんと話を聞いていた。

話が一段落して、源蔵たちが降りてくる音がすると、星川はすばやくその場を離れ、

「ばあか。なにが星川さんにはだよ。いろんな顔が見え隠れしていたから、おこうさんは素敵だったんじゃねえか。裏も秘密もなくて、あんないい女ができるかってんだよ」

と、つぶやいた。


「そういうのを、心配性って言うんだよ、団七《だんしち》さん」

と、小鈴が酒の燗《かん》をつけながら笑った。

「そうなんだなあ。それは、自分でもそう思うよ」

常連の団七がうなずいた。団七は坂下の麻布木村町で提灯屋《ちょうちんや》をしている。もう四十は超えているはずだが、一人身らしい。ずっとそうなのか、女房に逃げられでも

したのか、そこらは当人も言わないし、誰も訊かない。

「よそん家《ち》のことまで心配なんだものね」

「そうさ。自分より心配なときもあるんだ」

と、団七は笑った。

「いい人なんだね」

「そうじゃねえ。自分のことは自分でわかるだろ」

「わかる？」

「やってることくれえはな」

「それはそうだね」

「でも、よその家のことは、なにやってるのかがわからねえ。だから、ますます心配なんだ」

「うーん、わかるような、わかんないような」

と、小鈴は首をかしげた。

わきから源蔵が訊いた。

「いったいなにが心配なんだい？」

「この一本松坂をだいぶ下ったあたりに、前は飴屋《あめや》をしていたところがあるだろ」

「間口一間半（およそ三メートル）くれえの小さな店か？」

「そうそう」

「ああ、あそこはつぶれて誰もいなくなったぜ」

「うん。その家に近ごろ、引っ越してきたのがいるんだけど、その家ってえのがやたらと家を明るくしてるんだよ」

「なんだ、そりゃ？」

「夜、二階でがんがん明かりをつけているんだよ」

「明かりをつけて悪いのか？」

「そりゃあ悪くはないよ」

「そのうち、あいつの家は飯の食いすぎじゃねえかとか、亭主が浮気してんじゃねえかとか、そんなことまで心配するようになるぜ」

「でも、源蔵さんよ、あの明るさときたら、ろうそく一本の明るさなんてもんじゃねえ。ろうそくも七、八本ほど並べないと、あそこまで明るくはならねえよ」

「どこから見たんだ？」

「おれだって夜、しょっちゅうあそこを通るけど、そんなのはまるで気がつかねえけどな」

「ちっと、わきからのぞくようにしねえとわからねえかもな」

「そこの家は、板戸とかは閉めてねえのかい？」

「通りに面したほうは閉めてるさ。でも、横の障子戸が入った窓が明るいし、どうも裏窓のほうからもかなり明かりが洩《も》れてるのさ。裏の窓はおそらく開けっぱなしなんだ。この寒いのに」

「ふうん」

「おいらは、提灯屋ってこともあるのか、無駄な明かりをつけている家があると、入っていって消したくなるんだよ」

「そんなこと、ほんとにしてるの？」

小鈴が驚いて訊いた。

「いや、ほんとにしたことはねえんだが、口ではときどき忠告してるぜ。夜は明かりを消して早く寝ろとか」

「へえ、すごいね」

小鈴は笑ったが、

「そんなに無駄な明かりが嫌だったら、提灯屋なんてやめりゃあいいだろうが」

と、源蔵は言った。

「ところが、提灯屋をやめたら、暗い道で転んだり、悪いやつに襲われたりする人が増えるんじゃないかと心配になるんだよ」

「きりがねえな」

「火事でも出したら、どうするんだよ。この店……」

と、団七はそこで慌てて話を止めた。この店みたいに、と言いかけたらしい。

「そんなこと言ったら、ろうそくが一本だって同じことだろうが。だいたい、うちだってほら、四本使ってるぜ」

と、源蔵は店の中を見回した。

客の数でも違うが、いっぱいになったときは四本置いている。

「ろうそくなんて高いだろ」

と、団七は言った。

「まあな」

十匁《もんめ》（約四十グラム）のろうそく一本がおよそ二十文（いまのお金でほぼ四百円）もする。夜じゅう点《つ》けっぱなしにしたら、一晩で十本ほど使ってしまう。だから、まめに点けたり消したりしなければならない。

ふつうは、商売でもしていなければ使わない。ただ、源蔵は夜、瓦版《かわらばん》の文章を書いたりしていたので、明かりには贅沢《ぜいたく》をする癖がついていた。

「それを七、八本だぜ」

「そりゃあ、夜なべ仕事をしてるんだろうが」

「おいらも最初はそう思ったよ。でも、ちっと耳をくっつけて中の音を聞いたんだ。仕事をしてるような音はぜんぜん聞こえなかったぜ」

「音を立てない仕事だっていくらもあるだろ」

源蔵がそう言うと、

「うん。絵を描いたりする仕事は音なんて立てないよ」

小鈴は、しょっちゅう夜なべ仕事をしているという北斎のことを思い出して言った。

「裁縫だってしねえし、菓子をつくるのだって音なんかしねえぞ」

「でも、住んでる男を見かけたことがあるけど、いかにも体格のいい若い男だったぜ」

「体格がいいからって、がっちゃんがっちゃん音を立てる仕事とは限らないよ」

小鈴が言った。

「それにしても、あんたの心配性にも弱ったもんだな。よその家のろうそくの使い方まで心配してたら、気が休まらねえだろう」

と、源蔵は笑った。

「そうだよ、団七さん。そこまで心配するのは大きなお世話ってもんだよ」

と、小鈴はすこし怒ったように言った。

「ううん。でも、やっぱり心配なんだよな」

「そんなに心配なら、一度、番屋の誰かに行かせたらいいだろうが。うちの星川さんに頼んでやろうか」

と、源蔵は店の中を見た。

だが、星川の姿は見えない。

「日之さん。星川さんは？」

「さっき、出ていきましたよ。ここにいると飲みたくなるからって」

「へえ」

そういえば、一昨日も昨日もたぶん飲んでいない。三日前の雪の夜、小鈴になにか言われたのだ。自分たちがなにか言ってもひねくれるだけだが、若い娘に説教されると応《こた》えるのかもしれない。

「団七さん。番屋になんか頼んでも無駄だよ」

と、常連の湯屋のお九が言った。

「そうかね」

「坂下町の番屋は、町役人から番太郎までやる気のない爺《じい》さんばっかり。一日中、お茶飲んでぼーっとしているだけだよ。そんなこと頼んだって迷惑がられるだけだし、たとえ訪ねていっても、適当なことを言われて帰されるのがおち」

お九は手厳しい。

「たしかに、あそこはそうかもしれない」

と、日之助も笑った。

二

星川勢七郎《せいしちろう》が暗闇坂を下り、沼のある雑木林の中に入ろうとしたとき、

「あ、星川さん」

と、わきから声をかけられた。

見ると、定町回《じようまちまわ》り同心の佐野章二郎《さのしようじろう》がいた。

「よう、どうした。こんな遅くに？」

定町回りというのは、昼間、決まりきったところをぐるぐる回って歩くのがおもな仕事になっている。暮れ六つ（午後六時ごろ）前には、奉行所にもどってしまい、いまごろは八丁堀の近くで飲んでいるか、家に帰っているかである。

「いや、このあいだの茂平《もへい》殺しの件がいっこうに埒《らち》が明かないもんで、堀田《ほつた》さんから発破をかけられましてね」

「なんて？」

「殺しの調べは奉行所で書類なんかめくってても永遠に解決しねえぞって」

「なるほど」

「殺しがあったと思われるころに現場に立って、どういうやつが通るのか、確かめたりしたのかって怒鳴られました」

「ほう」

堀田も古株だけあって、言うべきことは言っているらしい。つい、にんまりしてしまった。ただ、堀田だって、あの件の調べについては、臨時回りとして関わっているはずである。佐野ばかりを動かしているだけでは、怠慢のそしりを免れまい。

「それで昨日、今日とここに来てるんですが、怪しいやつはまだ見かけません」

「まあ、あれからだいぶ経《た》っちまったしな」

ひと月も前の殺しで、いまごろそんなことをしているのかと、星川は内心、呆れてしまう。

「そうなんです。星川さんはどこに行かれる……まさか」

ふいに眉をひそめた。なにかよからぬ妄想でも浮かんだらしい。

「なんだよ」

「たしか星川さんも剣の腕は立つと聞いたことが」

「おいらが茂平たちをやったのかってか？」

「あ、いや、失礼しました」

佐野は頭に手を当てて笑顔を見せた。捕り物の腕は悪いが、どことなく憎めないところはある。

「失礼なんかじゃねえ。疑《うたぐ》るのが当たり前だ。だが、ほんとに下手人《げしゅにん》がおいらだとしたら、突きとめるのは難しいぜ。町方が疑うところは全部、先回りしてごまかしてしまうもの」

それは冗談でなく、そう思う。奉行所の中に悪党がいたら、悪事はよほどのことがないと発覚しない。

「たしかにそうですね」

「ただ、せめて十年前までならともかく、あの斬《き》り口はいまのおいらにはできねえ。あれはもっと力があって、腕の立つやつのしわざだ」

「まったくです」

と、佐野は遠慮もなくうなずいた。

「もし、下手人と出会ったとして、おめえ、やる気かい？」

と、星川は片手で斬る真似をした。

佐野の後ろには、奉行所の小者が一人いるだけである。六尺棒は持っているが、疲れたようすの中年男で、まるで頼りになりそうもない。

「それも悩みの種でして」

佐野は情けない顔で笑った。

「まあ、くよくよ考えたってしょうがねえか」

「いちおう気をつけてはいますが」

「だが、腕のいい岡っ引きを探したほうがいいんじゃねえのか？」

と、星川は真剣に後輩を心配して言った。

気が利いて、わきから十手《じって》くらいは振り回してくれる岡っ引きがいたら、どれほど助かるか。星川はそのありがたさを身に沁《し》みて感じてきた。

佐野にしても、これに腕のいい岡っ引きが加わって三人になれば、多少腕の立つ辻《つじ》斬りが現われたとしても、なんとか渡り合えるはずである。

本当に誰か適当なやつはいないのだろうか。

「ええ。ここらで腕のよかった岡っ引きが二人つづけて死んでしまいましたしね」

永坂の清八《せいはち》と、へちまの茂平。清八はもちろんだが、茂平のほうも、嫌な野郎で付け火にからんでいたりしたが、ふだんの仕事だけを見れば腕利きではあったのだろう。

「そうだな。死んだ茂平のことも探ってるんだろう？」

と、星川は訊いた。

佐野はどこまで知っているのか。茂平がおこうの店の付け火にからんでいたらしいことは、誰にも言っていない。町方にはどの時点で相談したらいいか、まだ迷っている。もっとも、こんな佐野のようなやつがいくら動いても、真相に迫れるわけがないのだ。

「茂平ですか？」

「あいつをくわしく調べなかったら、殺される理由はわからねえ。それがわかれば、下手人にぐっと近づくだろ？」

「それはわかってます。茂平って男は、ろくでもない連中といろいろ付き合いがありましてね」

「ほう」

とは言ったが、そんなことは当たり前である。だいたいが、岡っ引きになるようなやつからして、もともとろくなやつではない。悪党とまではいかなくても、素っ堅気の男ではやれない。蛇の道はへびというので、やっていける商売なのだ。

佐野は、おこうの店の火事が付け火かなんて疑ってもいないし、あれほど近所で起きたできごとだというのに、茂平の死と結びつけるなんてことも思ってもみないのだ。

「やくざ者とも付き合ってました。おそらく、賭場《とば》がらみの袖の下の多寡で揉《も》めたあげくに、無鉄砲な若いやつにでも殺されたんじゃないかと」

「堀田さんもそう見てるのかい？」

「いえ、これはわたしの推論なのですが」

たいした推論である。犬だってそこらをぐるぐる廻《まわ》っていれば、これくらいの推論は導き出す。

「茂平といっしょにもう一人、死んでるだろうが」

火事の前に二日だけ、寺から空き家を借りた男である。

「そっちも調べました。最近、やっと身元らしきことが」

「わかったのか？」

　初めての進展ではないか。

「ええ。人相と持ち物から割り出したのですが、浅草近辺の遊び人ということでした。ただ、ときおり、下っ引きのようなことをやっていたようです」

「へえ」

　岡っ引きと下っ引きが殺されていた。ずいぶん変な話ではないか。町方への挑戦と見て、奉行所が総出で当たってもよさそうなのに、そんなふうには受け取っていないらしい。

「こいつも茂平といっしょになって、やくざなんかと付き合っていたんでしょうね」

「じゃあ、なにか、ここらをうろつくやくざを捕まえて、おめえ、茂平を殺しただろうと訊くのか？」

「かんたんには白状しないでしょうが、怪しいやつがいたらじっくり探っていきます」

「なるほどな」

星川はうなずいた。

早くても三十年くらいはかかるかもしれない。

「ところで、あんたは大塩平八郎《おおしおへいはちろう》って名を知ってるかい？」

と、星川は佐野に訊いた。

「大塩平八郎？」

「町奉行所の同心が知らねえとは言わせねえぜ。大坂の人間だがな」

「あ、思い出しました。謀反人《むほんにん》でしょ。去年の二月くらいに、大坂で乱を起こしたとかいう。日本橋のたもとに立て札を出してましたよね、極悪非道の者だというので」

「ああ、そうだったな」

変に話が伝わって、義挙のように受け取られてはまずいと、上の者が早めに手を打って、浪人たちの動きを牽制《けんせい》したのだ。事実、大塩につづけというような貼り紙がなされたりといったことは、江戸でもあったのである。

だが、大塩の乱に関して江戸に入ってくる話は乏しかったし、日本橋のたもとに出された立て札もやけに堅苦しい文章だったりして、武士はともかく町人には、くわしく読んだ者などほとんどいなかっただろう。

「その大塩のことでどうかしたので？」

「生きているという噂《うわさ》は聞いていねえかい？」

「噂はありますね。去年の西ノ丸の火事も、大塩の残党のしわざだったと言っているる者もいるらしいですし」

「ただの噂だと？」

「そりゃあ、そうです。かならず出る噂のたぐいでしょう。奉行所では本気にしている者なんていませんよ」

「なるほどな」

「大塩が何か？」

「いや、いいんだ。おいらもちらっと噂を聞いたんでな」

と、星川は話を打ち切った。

「星川さんはいまからどこかにお出かけでしたか？」

佐野が訊いた。

「なあに、そっちの林の中で剣術の稽古《けいこ》をしようとしてたのさ」

と、星川は顎《あご》をしゃくった。

「わざわざこんなところで?」

「長屋の庭でやってると、近所の子どもが泣いたりするんでな」

「遅くに大変ですね。じゃあ、わたしはそろそろもどります」

「ああ。帰り道に気をつけなよ」

子どもに言うような台詞《せりふ》ではないか。

星川は佐野を見送ると、沼の近くまで行き、提灯を傍らの木の幹に差し込み、剣を振りはじめた。

「えいっ、やっ、たっ」

林の中はまだ雪が残っているが、足元がすべるほどではない。

とりあえず、ここひと月の酒をいったん抜きたい。

三日前の夜、小鈴からされた説教は応えた。星川を睨《にら》んだ目が母親にそっくりだったのにも参った。おこうがあんな目で睨んだのは見たことがないはずなのに、それでもおこうの強い視線が感じられたのだった。

源蔵が浪人者に襲われ、若い武士に助けられた話も聞いた。本当なら自分が助けなければならなかったのだ。このところの酒に溺れた自分を見て、源蔵も頼る気持ちさえ失《な》くしていたのだろう。なんとも情けない体たらくだった。

源蔵はまた、襲われる理由はもしかしたら瓦版に大塩平八郎の乱について書いたためではないかとも言っていた。

大塩平八郎とは、意外な人物の名が出てきたものである。

大坂の町奉行所の、たしか元与力《よりき》だったはずだ。それが謀反を起こした。民を救うために、町奉行を殺害しようとしたらしい。

くわしくは星川も知らない。奉行所の上のほうの連中はどこまで知っているのか。たとえ知っていても、下っ端には口を閉ざしているのではないか。たしかに元与力が奉行の命を狙うなんて話は、部下には言いたくないだろう。

だが、大塩平八郎が生きているという噂は、ちらほらと江戸の町でも聞こえていたのである。

源蔵には、「臨時回りの堀田さんや、定町回りの佐野にも聞いてみる」と言っておいた。だが、佐野にしてからが、ただの根も葉もない噂程度に思っているらしい。だとしたら、源蔵の推測も思いすごしということになる。

——本当にただの噂なのか……。

源蔵もとりあえず難は逃れたが、この先も安心とは限らない。次は店のほうを襲ってこないとも限らないのだ。

そんな危険を防ぐためにも、源蔵襲撃の謎《なぞ》に首を突っ込まなければならないだろう。

「えいっ、やっ、たっ」

上段、中段、下段……さらに八双、脇構え。基本の構えを順に繰り返してゆく。

ゆっくり刀をくり出す。

右手の痛みはあるが、なんとか刀を振ることはできる。これ以上、筋を痛めないよう気をつけて振る。

若いときと同じような剣を遣おうと思うのが大間違いなのだ。

歳《とし》相応の剣。若さに勝るものを用いる剣。それを模索するしかない。

だが、若さに勝るものなどあるのか。

人は衰えるだけではないのか。

悩みながら、考えながら、ひたすらに剣を振りつづけた。

　翌日――。

　店がだいぶ混んできたころ、湯屋のお九がやって来て、

「心配性の団七さんはまだ？」

　と、小鈴に訊いた。

「うん。今日はまだだね」

「あの人、笑っちゃうよね」

「笑っちゃ悪いんだけどね」

「団七さんて、夏ごろにもくだらない心配をして、おこうさんに呆れられてたのよね」

「どんな心配だったの？」

　と、小鈴が訊いた。

「団七さんの隣りの家が、自分の家のほうに倒れてくるんじゃないかって、それが心配になったんだよ」

「隣りはそんなにボロ家なの？」

「いや、ぜんぜん。団七さんの家のほうがよっぽどボロだよ」

「面白ぉい」

と、小鈴は笑った。

「でも、団七さんは本気だったよ。なんでも、隣りの家は柱の太さがまちまちで、団七さんの家のほうの柱がほかと比べてひどく細いそうなの。それは、その家の者のせいでなく、建てた大工のせいらしいんだけど」

「へえ、ほんとに細いのかしらね?」

「あたしは見てきたよ」

と、お九は自慢げに言った。江戸の女の例に洩れず、野次馬精神は旺盛である。

「見たの?」

「だって、あんまり心配してるから、かわいそうになってね」

「どうだった?」

「言われると、たしかにすこしだけ細いような気もしたよ」

「あら」

「ほんとにすこしだけだよ。あんなもので倒れたりするわけがないよ。でも、団七さんに言わせると、そのすこしが大事なんだって」

「それで、どうなったの？」

「結局、心配でたまらないんで、隣りの家に交渉し、費用はすべて団七さんが持つからと補強の柱を何本か足してもらったってわけ」

「そこまでしたんだぁ」

「今度はどうする気だろう」

「もったいないというくらいだから、その家の人にろうそくを買ってやるなんてことはないだろうし」

お九と小鈴が首をかしげていると、

「興味深い話じゃな」

と、常連の武士、林洋三郎《はやしようさぶろう》が声をかけてきた。それほど頻繁に来るのではないが、いれば身体が大きいこともあって目立つ存在である。

「あ、お聞きになってましたか？」

小鈴が訊いた。

「うむ。そもそも団七はいま、なにが心配なのだ？」

「それはね……」

と、お九がくわしく説明した。

「そうか。明るすぎるろうそくとな。なるほど、心配性か」

「笑っちゃいますでしょ?」

お九がそう言うと、

「そんなことはない。わたしはその団七の心配性がよくわかる」

「林さんも?」

小鈴は意外そうに目を見開いた。

「わたしもこう見えて、ひどく心配性なのだ」

林は背が高く、目方もずいぶんある。身体つきだけ見ると、豪放磊落《らいらく》といったふうである。だが、表情を見ると、ふと気弱そうな部分が垣間《かいま》見えたりするので、心配性というのも嘘《うそ》ではなさそうである。

「林さんは、どんな心配があるんですか?」

と、お九が訊いた。

「そうだな……たとえば、この国の将来についてはほんとに心配している」

「へえ」

「わたしの行く末も心配だし、子どもたちの行く末はさらに心配だ」

林は深刻そうに眉根に皺《しわ》を寄せて言った。

「やっぱり団七さんの心配とは格が違いますよ。あっちは、ろうそくの使いすぎと、細い柱の悩みですからね」

「そんなことはない。細部の心配は、やがて大きな問題になっていったりしがちなのだ」

林はそう言って、ぐいと酒をあおった。

と、そこへ――。

今日はいつもより遅くなって、噂の団七がやって来た。

身体がぶるぶる震えて、頬がかじかんでいる。外に立っていたのが明らかである。

「例の家、見てきたんでしょ？」

小鈴が訊いた。

「うん。ちょうど明かりが灯《とも》ったところだった」

「嘘だね。明かりが灯るまで待ってたんでしょ？」

と、お九がからかうように言った。

「じつはそうだ」

団七はにやりと笑って、出てきた熱燗をうまそうに飲んだ。

「わたしはそなたの心配を聞いて、じつにもっともなことだと思った」

林が隣りから話しかけた。

「そいつはどうも」

理解してくれる人を見つけたと思ったらしく、嬉しそうな顔になった。

「わたしはやはり、その件には悪事がからむと思う」

「おいらもそう思うんですよ」

「ああ。そうでなければ、昼間、堂々と明るいところでやる」

「たしかに」

「なんだろうな」

「なんでしょうね？」

二人は腕組みし、天井を眺めた。

「あたし、思いつきました」

と、小鈴が言った。

「なんじゃな？」

「贋金《にせがね》づくりってのはどうです？」

「おっ。それは？」

「贋の小判をつくってるんです。すると、金がきらきら反射する。その光を悟られないようにするため、強い明かりにしておくのです」

「おーっ」

という声が団七やお九から上がった。

「なるほど光をごまかすためか」

林洋三郎が手をパンと叩《たた》いた。大きな手だけあって、よく響く音である。

「小鈴ちゃん。よく、そんなこと、思いつくわねえ」

お九が感心した。

「こりゃあ、大捕り物になるぞ」

と、団七が嬉しそうに言った。

「贋金づくりといったら罪は重いんでしょ？」

お九が林に訊いた。

「当たり前だ。獄門百回分くらいの罪になる」

「そんな悪事を見破ったなんて、小鈴ちゃん、奉行所からご褒美がもらえるよ」

団七とお九は盛り上がったが、

「いや、待て、待て。やはり、おかしい」

と、林は言った。

「どこがですかい？」

「音がしないのだろう。贋金をつくるのだったら、叩いたりして音が出てしまう。静かにやっているということは、贋金づくりではない」

「なるほど、そうか」

団七はうなずいた。

小鈴が落胆したので、林は慌てて、

「だが、小鈴さんの、明かりで明かりを消すという考え方は面白いのう」

と、取り繕うように言った。

「ありがとうございます」

「なかなかそんなふうには考えられないぞ」

「しょっぱくしすぎた味を、砂糖でごまかすというのはやりますけどね」

小鈴がとぼけたことを言うと、お九だけが笑った。

「いやあ、さすがにおこうさんの娘だ……ん。あっ、そうか」

林がなにか思いついたらしい。

「林さん、どうなさいました？」

「もしかして、青い炎を隠すためかもしれぬな」

「青い炎って、まさか人魂《ひとだま》かなんか？」

団七が怯えた顔になった。

「いや、違う。硫黄《いおう》だ」

「硫黄？」

「さよう。おそろしく発火性の高い物質で、すぐに火がつく。その硫黄というのは、青い炎を上げるから、それをつくる作業をひそかにやっていたりすれば、外から悟られてしまう。だから、隠すために、強い明かりを周囲に置いているのではないかな」

「なんのためにそのような硫黄なんてものを？」

と、小鈴が訊いた。

「それは、この世には秩序を転覆させようとするよからぬ輩《やから》がいる。そいつらが恐ろしい武器の研究をしていたりするのだ」

「そんな人がいるんですか？」

「もちろんいる。江戸の人間はほとんど知らないが、昨年の二月に、大塩平八郎というよからぬ男が、秩序を転覆させようと、大坂の町で大砲をぶっ放してまわったことがある」

「大塩平八郎……」

小鈴の顔が強張《こわば》ったようになった。

いや、小鈴だけではない。近くにいた源蔵は、日之助とさりげなく目を合わせていた。

「大砲を……そんな恐ろしい人……」

小鈴は小さくつぶやいた。
五、六日ほど前の夜。この店の戸を叩き、父・戸田《とだ》吟斎《ぎんさい》の名を告げ、さらに「大塩平八郎は生きています」と伝えて欲しいと言った男。

あれは本当に林が言う大塩平八郎と同じ人物だったのか。顔は見ていない。だが、思いやりを感じさせる遠慮がちな声だった気がする。

「恐いねえ」

団七は肩をすくめた。

「そいつ、どうなったんですか?」

と、お九が訊いた。

「むろん、捕まえられて、はりつけになった」

「とんでもないやつがいたもんだね」

心配性の団七は、ほっとしたらしい。

「ちょっと待ってください。青い光が出て、怪しまれるのだったら、戸を閉めてしまえばいいだけじゃないですか。なにもわざわざ、この寒空に裏の窓を開けてたりしなくともいいのでは?」

と、お九が訊いた。

「ところが、この硫黄ってやつは、毒みたいなひどい臭《にお》いを出す。吸い込むと息が苦しくなったりするんだ」

「それで窓が開いてるのね」

「ううむ。わたしも心配になってきた」

林が強張った顔で言った。

「そうでしょう？」

「亡くなったおこうさんのためにも、町の平穏は守らなければなるまいな」

おこうの名が出た。

小鈴はそっと源蔵と日之助の顔を見た。

二人とも、なにやら急な恋敵の出現に慌てたような顔になっていた。

「ねえ、林の旦那もご自分の目で確かめてみてくださいよ」

「そうだな。たしかに自分の目で見なければわからぬ」

団七と林はいっしょに出ていった。

「おやおや、行っちゃったね」

と、小鈴が言った。

「林さんもけっこう物好きだよね」

お九が笑った。

「お城じゃどういう仕事をしてるんだろうね」

と、小鈴が言った。

「お城かどうかわかんないよ」

「そうか。江戸詰めの藩士かもしれないね」

「でも、田舎訛《なま》りはないね」

「着物も地味だけどいいものだし」

「あの人、けっこう遠くから来てるよ」

と、お九は言った。

「そうなの？」

「一ノ橋のところで舟を降りたのを見たことがあるもの」

「じゃあ、ここには深川のときからの客なのかな」

小鈴は首をかしげた。

深川のときから来ていた客というのは、北斎以外には知らない。麻布に移るとは前の店の常連にもほとんど伝えていなかったらしい。小鈴はここを昔、父の弟子だった人とばったり会ったときに聞いた。

もっとも、常連になっていたとしても、深川からわざわざ麻布にまで飲みに来る客はいないだろう。

——いや、星川さんたちだったら、それくらいするかもしれない……。

もしかしたら、林洋三郎もそういった口だったのだろうか。

四半刻《しはんとき》（およそ三十分）ほどして——。

団七と林はもどってきた。

「どうでした？」

小鈴が訊いた。

「うむ。明かりは皓々《こうこう》とついていた」

と、林は答えた。

「硫黄ですか？」

「いや、臭いを嗅《か》いでみたのだが、まるで臭わない」

「でも、二階なんでしょ。下までは臭ってこないのでは？」

「二階であっても硫黄というのはものすごく臭《くさ》いから下まで臭うはずなのだ。蠟《ろう》の臭いはしてたから、硫黄ならもっと臭ったはずじゃ」

「では、硫黄じゃないんですね」

「違ったな」

林は当てが外れてがっかりしている。

「二階に人はいたんですか？」

と、お九が訊いた。

「人の気配はあった。だが、とくになにかしているような物音はしなかったな」

「ふうん。それは、たしかに変な話だ。ね、小鈴ちゃん」

お九も行ってみたくなったようである。

「だろ？」

と、団七は嬉しそうに言った。

三

「だが、わかったこともあるんだぜ。ちょうど、隣りの野郎がどっかで飲んで帰ってきたところだったんだ。それで、寒いとかぬかすのを、町内の平穏のためだと脅して、あそこに住んでるやつのことを訊いたんだよ。やっぱり一人暮らしみたいだ」

と、小鈴とお九を見ながら団七が言った。

「あんな二階建てに？　勿体《もったい》ないね」

小鈴も心配性になったみたいに訊いた。いくら間口は狭いとはいえ、一人身の男が上と下を使うなんて贅沢である。店賃《たなちん》だって、長屋よりはずいぶん高いだろう。

「そうなんだよ。それ自体が変だろ？」

「たしかに」

「そいつはいい身体をしてるが、下駄《げた》職人なんだ」

「下駄職人ねえ……」

小鈴はゆっくりうなずきながら考えた。夜なべ仕事をしても不思議ではないが、木屑《きくず》に火が燃え移りそうである。

「なんでも芝のほうに自分の店を持とうとしてたんだけど、いろいろあって諦めたんだそうだ。それで、こっちに引っ越してきたけど、ここでは商売をする気はないし、いつまでいるかもわからないと、そう言ってるんだとよ」

「ますます変だね」

と、小鈴が言った。

「なにが？」

「自分の店を持とうとしたが、諦めたんでしょ。それなのに、店にするのにぴったりの家を、商売をする気もなくて借りたんだ」

「そうだな」

そこへお九も口をはさんだ。

「それって、商売としてみたら、ありえないよ。あたしも、湯屋の経営ではいろいろ悩んでいるから言うんだけどね」

「どういうんだろうな」

団七はわけがわからなくなったような顔をした。

それまで、団七と女たちのやりとりを黙って聞いていた林洋三郎が、

「あの家は、裏の家とどれくらい離れていたかな？」

と、団七に訊いた。

「これくらいですかね」

と、団七が両手を目いっぱい広げた。

「裏の家にはどんなやつが住んでいるのかだな……」

林は腕を組んだ。

「あ、わかった」

団七が手を叩いた。

「なになに？」

お九が迫るように訊いた。

「いい女が住んでいるんだよ。それで板戸の節穴からのぞくために明かりを強くしているのさ」

「そんな程度の謎解き？　つまんない」

お九が鼻で笑った。

「だいいち、節穴から明かりを入れたって、のぞくときに自分の顔でふさぐことになるんだから、結局、暗いままでしょうが」

と、小鈴が言った。

「でも、節穴が一つとは限らないぜ」

団七はゆずらない。

「なるほど」

お九はうなずいたが、

「いや、だったら、ろうそくを節穴に近づければいいだけよ」

と、小鈴は納得しない。

「でも、そんなことしているのを誰かに見られてみろ。それこそ付け火をしようとしていると騒がれても、弁解のしようがないぞ」

団七はのぞき説にこだわりはじめたらしい。

「団七、残念だが、やはり、のぞきとは違うな」

と、林が自信に満ちた口調で言った。

「どうしてです？」

「あんな離れたところから身を乗り出したら、下に落ちる」

「ほんとだ」

団七がそう言うと、皆は笑った。

「あ、裏の家に誰が住んでるか、わかったよ」

と、湯屋のお九が言った。

「誰？」

「元飴屋の裏の二階建てでしょ。金貸しの銀兵衛《ぎんべえ》だよ。あいつが女中と二人で住んでるんだ」

「あいつかぁ」

「嫌な爺《じじ》ぃだよな」

「あんなやつから金借りたら大変だ」

それまで黙って聞いていたほかの客からも声が上がった。近所でもよほど嫌われているらしい。

「でも、お九さん。あいつ、近ごろ痩《や》せてきたよな」

と、団七が言った。

「そう？」

「頬なんかげっそりこけて」

「へえ」

この話を聞いていた林洋三郎が、ぽんと手を打った。

「わかった」

「なんです、林さん？」

小鈴をはじめ、皆、林のほうを見た。


そのとき――。

「誰か、来たぜ」

戸口のほうを見た源蔵が、

「あ、おれの用だ」

と、すぐに立ち上がった。

平手《ひらて》造酒《みき》が源蔵のところに約束の金を取りに来たのだ。

「どうも、どうも、先日は」

「約束だぜ」

すでに酒臭い。どこかで飲んでから来たのだろう。

「もちろんです。ちゃんと用意してありますぜ」

平手のおかげで源蔵は誰かに狙われているという心配を取り除いてもらった。

だが、これでまるっきり心配がなくなったかと言えば、おそらくそんなことはない。翌日、星川と日之助に平手が敵を倒してくれたことを話したのだが、「そいつが殺されたとわかったら、おめえはさらに狙われるかもしれねえ」と、星川は言った。

だが、とりあえずあの場は生き延びなければならなかったのだ。そのあたりは、もちろん星川も日之助もわかってくれている。

「おーい。一本、頼むよ」

源蔵は客と話し込んでいる小鈴に声をかけた。

団七たちの話にすっかり夢中である。面白い話だと、つい商売そっちのけになってしまうところは、まだ若いのだろう。

いや、おこうにもそんなところがあったかもしれない。逆に、あまり細かく気を使われるよりは、そんなふうに客といっしょに楽しむほうが、客も気がおけない気持ちになるのかもしれなかった。

「小鈴ちゃんよ」

もう一度、呼んだ。

「あ、はい」

小鈴がやっとこっちを向いた。

「小鈴……」

平手の顔色が変わっていた。

「平手さん」

小鈴も表情を硬くした。

「なんだ、知り合いだったの？」

と源蔵は言ったが、軽口を寄せつけない雰囲気である。

ほかの客も微妙な空気を感じ取ったのか、静かになっている。

小鈴は唇をきゅっと結び、ゆっくり近づいてきた。

「ひさしぶりね」

「ここで働いてるのか？」

「そう」

「一杯もらえるかな？」

「お客さんなら断われないわね」

「うん。客だ」

平手はそう言って、入口近くの腰かけに座った。

源蔵と日之助も、露骨には見ないようにしながら、小鈴と平手を交互に眺めている。

小鈴が酒を持ってきて、

「あいかわらず肴《さかな》は食べないでお酒ばっかり飲んでるの？」

と、訊いた。つっけんどんな言い方だが、どこかになじんだ者同士の親しさも感じられる。

「まあな。だが、なにか頼むよ。天ぷらをつくってもらおうか」

「はい」

平手は黙って、小鈴が調理場で天ぷらをつくりはじめるのを静かに見つめつづけた。

四

「なにがわかったんです、林の旦那」

と、団七がいったん途切れていた話のつづきを催促した。

「ほら、朝、起きたとき、陽《ひ》の当たり具合によって、板戸の隙間《すきま》から外の光景が壁に映っていたりするのを見たことはないか？」

「あ、ある」

と、お九が言った。

「え、なに、それ？」

団七が訊いた。

「ちょうど陽が昇ってきて、節穴からまっすぐ光が入ってくるとき、家の中の壁に外の景色が映るんだよ」

お九が皆を見て、説明した。

「そんなことってあるんだ」

団七が首をかしげると、

「陽の差さない裏店《うらだな》あたりだと見られぬかもしれぬな。湯屋の姐《ねえ》さんの部屋は東向きではないかな」

と、林は言った。

「あ、そうです」

お九はうなずいた。

「それって、林さん、まさかろうそくの明かりでも？」

「そうよ。こっちにある光景を、節穴の向こうに映し出させようというのじゃ」

「それで、中にいる爺さんが、きれいとか思うわけね」

「馬鹿を言え。それはおそらく幽霊が映っているんだ」

「幽霊？」

「夜中にふと目が覚めると、壁にうっすらと人影みたいなものが映っている。これは恐いぞ」

「恐いですよ」

「でも、なんのために？」

と、団七が訊いた。

「たぶん、復讐《ふくしゅう》だろうな」

林は重々しい口調になって言った。

「復讐！」

「ここからはわたしの想像だぞ。下駄職人の若者は、独立のための準備をしていた。資金繰りで苦労していたので、見かねた母親あたりが、金貸しから金を借りた。借りたのはもちろん、裏の銀兵衛からだ」

「ふむふむ」

「しかし、結局、下駄職人の若者は資金繰りに失敗し、店も出せずに終わった。母親は借りた金も返せなくなり、銀兵衛のしつこい取り立てに悩んで死んでしまったのだ」

「まあ」

お九が口に手を当てた。

「これを知った下駄職人の若者は銀兵衛を恨み、なんとか苦しめてやろうと、いろいろ方法を考えた。そして、表の家を借りて、節穴を通して映る景色を使い、幽霊を見せてやろうと思ったのではないかな」

「そうか」

団七は膝を打った。

「ちょっと待って、林さん」

と、お九が言った。

「あれって、映るけど、さかさまになってませんでした？」

「そう。なぜか、さかさまに映るんだよな。だから、こっちにいる幽霊も、おそらくさかさまにしたのだろう。そうすれば、向こうにはふつうに立って見えるはずだ」

「さかさまって？」

「どうせ幽霊といってもはっきりしたものは見えぬ。かかしみたいな人形をつくり、それをさかさにぶら下げたらいいではないか」

「そうか。それで毎晩、脅されて、銀兵衛のやつもげっそりしてきてたんですね」

団七は嬉しそうに言った。

「じゃあ、このまま、復讐がうまくいくのを見守るってわけですか？」

と、お九は訊いた。

「どうしようかのう」

林は腕組みした。

「え、まさか、下駄職人の若者を突き出すわけじゃないですよね？」

「そんなことはせぬ。ただ、このままつづけても、復讐がうまくいくとは限らぬぞ」

「でも、痩せてきてるから、幽霊が効いてるんでしょ？」

「なあに、そのうち仕掛けに気づかれて、下駄職人もやることがなくなってしまう。ここはいっきに攻めどきだろうな」

「と、おっしゃいますと？」

「金貸しを脅すのだ。わたしらも幽霊の真似をするか？」

「面白い」

と、お九は手を合わせ、身をよじった。

「どうせ、金貸しに苦しめられたのは一人ではない」

「そう。ほかにもいっぱいいるはずですよ」

と、お九は憤慨した顔で言った。

「やりましょう、やりましょう」

団七は立ち上がっている。

「湯屋の姐さん、あんたもやるかい？」

「ぜひ、やらせてください」

「では、家をがたがた揺さぶって、なにごとかと慌てたところを、湯屋の姐さんが恨めしや〜と、やればいいではないか」

と、林も立ち上がりながら言った。

「小鈴ちゃんもやる？」

お九が訊いた。

「やめておく。ほかにもお客さんはいるし」

ちらりと平手造酒のほうを見ると、窓辺に頭を載せ、いぎたなく眠りこけていた。

林と団七、お九の三人が、嬉しそうにもどってきたのは、四半刻ほどしてからだった。

「どうでした？」

と、小鈴が訊くと、

「うむ」

「面白かったぜ」

「大成功」

三人は破顔し、団七とお九が交互にそのときのようすを語った。

「まずは、下から家を揺さぶってやったのさ。なにせ林の旦那の体格で、外からゆっさゆっさやったら、地震と思ったらしく、下に寝ていた女中が外に飛び出してきたのさ。それでおいらたちはなんなく中に入って二階に行ったんだがな」

「あんた、よくも厳しい催促で苦しめてくれたねえって、こう髪をたらして、恨めしげにすうっと立ったのよ」

「その銀兵衛の悲鳴ときたら、聞かせたかったぜ。ひぇっ、ひぇっ、ひぇーっと三度鳴いたよ」

「それからは、自分でべらべらしゃべりはじめたの。自殺まで追いつめたのは、一人二人じゃないんだよ。あたしみたいな若い女も亡くなってたみたいね。下駄職人もそうだろうって脅すと、婆《ばあ》さんのことはすまなかった。まさかあれっぱかりの金で死ぬとは思わなかった。借金はちゃらにしますからって」

「すぐに表の下駄職人の兄さんを呼んできて、念を押させ、証文も取り返しておいたぜ」

「死んでしまった母親はもどらないけど、兄さんもすこしは気持ちが楽になったって」

「それはよかったね」

と、小鈴もほっとした。林の推察はほとんど的中していたらしい。

「でも、だんだん銀兵衛が、こいつらほんとに幽霊かと疑うみたいな顔になってきたので、一人ずつそっと退散してきたわけ」

お九はいたずらっぽく笑った。

「林さん。今日は大活躍でしたね」

と、小鈴は林をねぎらった。

「そうかな」

林は小鈴が注《つ》いだ酒をうまそうに飲んだ。

「謎も解いてやったし、借金もちゃらにしてあげたし」

「わたしも心配性の者を見て、つい同情したのかな」

「どうしてそんなに心配性になったんですか？」

と、お九が訊いた。

「そんなことはわからぬ」

「でも、小鈴ちゃんならわかるかもしれませんよ」

「わかるのか?」

林が驚いて小鈴を見た。

「そういう占いみたいなものはあります」

と、小鈴はうなずいた。

「ほう、占いとな」

「やってみてはどうですか、林さん」

お九が興味深げに勧めた。

「どうするんだ?」

と、林は怯えた顔をした。

「どんな言葉でもいいから、最初に言葉を決めます。それで、その言葉から思いつく別の言葉を言います。さらにその言葉から別の言葉をと、しりとりみたいに追いかけていきます」

と、小鈴はやり方を説明した。

「かんたんだな」

「はい。それをやっていくうちに、かならず自分が言いたくない言葉が出てきます。それが、林さんの心の傷なんです」

「心の傷？」

林はぎょっとしたような顔をした。

「おかしな癖とかも、その心の傷が原因だったりもします」

「言いたくない言葉も、言わなければならないのか？」

「いいえ。言わなくてもかまいません。林さんがわかればいいんです。自分の心の傷を知るのは、最初こそつらいのですが、あとは楽になりますよ」

「ほう。それではやってみるかな」

背筋を伸ばし、改まった顔をした。

「じゃあ、なにからいきましょうか？　招き猫あたりからは？」

「招き猫か……割れるだな」

「割れる。次は？」

「割れるとくると、茶碗」

「はい」

「茶碗とくると、茶室」

「なるほど」

「茶室……鎌倉……坊主……修行……波……海……」

「慌てなくてもいいんですよ」

「うむ。海というと、母……どんぶり……うなぎ……甘い……すいか……丸い……月……うさぎ……白い……これは終わらぬぞ」

「そうですか」

「……雪……氷……池……亀……鶴……長生き……ほら、どこまでもつづく」

「ほんとですね」

小鈴は苦笑いをした。

「どうする？　ずっと、つづけるか？」

「いえ、これは誰にでも通用するわけじゃありませんので」

「わたしには駄目だったみたいだな」

「はい」

「ちと、疲れてきた」

「すみません。おかしなことをさせて」

「なに、かまわぬ。さて、わたしはそろそろ帰るぞ」

「じゃあ、おいらも」

と、団七も立ち上がった。

「では、下までいっしょに行くか」

林と団七はいっしょに店を出ていった。

「林さん、なんだか急に元気がなくなったみたいね」

と、お九が言った。

「うん」

「別に心の傷もなかったみたいだけどね」

「そうだね」

小鈴はそう言ったが、じつは、さっき林がある言葉を言ったときの変化に気がついていた。

「……波、海、母……」

すばやくつづけたその言葉のあたりで、林の声は震え、こぶしを握りしめていたのだ。しかも、不自然に早くつづけてしまおうとしていた。

――その三つの言葉になにかある。

と、小鈴は思った。

休みながらだが、たっぷり一刻《いっとき》（およそ二時間）以上、剣を振って、星川は暗闇坂を上ってきた。

もうそろそろ店じまいのころだろう。

混んでいるときは店にいないようにしたのだ。つい飲みたくなってしまう。だから、そのあいだは抜け出て、剣術の稽古に励む。

一本松のところまで来ると、左手からの坂道にぶつかる。これが一本松坂で、これをすこし下ったところが、おこうの店――いまは若い小鈴が女将を務める店である。

――ん？

下りかけてすぐ、星川は足を止めた。

小鈴と若い男が立ち話をしているらしい。慌てて物陰に隠れた。

姿は見えないが、声が聞こえてくる。

「小鈴。また、おれと付き合ってくれ」

「もう、無理だよ。平手さん」

男は平手というらしい。

聞いたことがある名前である。

「お前と別れてから、おれはずっと飲んだくれてるんだ」

「あたしのせいにしないでよ。深酒は前からでしょ」

小鈴はぴしゃりと言った。

「そりゃそうだが、おれは脱藩したんだ」

平手は小鈴の剣幕に押されたようだが、言葉の端に甘えた感じがある。

——もしかしたら、以前、仙台藩の者が噂をしていた男ではないか……。

女に振られて酒に溺れた男。その女というのは、小鈴のことなのか。

「脱藩？　自分から浪人になったの？」

「道場も破門になった」

「そこまでされるなんて、よっぽど悪いことしたの？」

「そうでもない」

「それでそんな仕打ちをするかしらね」

「おれはまた、この店に通うぜ」

「無駄だって」

小鈴は冷たく言った。

「通うと言ったら通う」

平手はそう言って、坂を降りていった。

五

男は棒手振《ぼてふ》りのかぼちゃ売りのようだった。

着物の尻をからげ、紺の股引《ももひき》をはき、手ぬぐいで頬かむりをしていた。目立たない身なりだが、それでも眉の長い端整な顔立ちは、通りすぎる若い女がふと視線をとどめてしまうほどだった。

昼下がり、師走にしてはうららかな陽が差している。麹町《こうじまち》の貝坂というゆるやかな坂道を、男は家々に声をかけながら上ってきて、〈大観堂学塾《だいかんどう》〉と書かれた看板が出た家の前で立ち止まった。

塾長は、蘭医《らんい》の高野長英《たかのちょうえい》という。江戸の開明的な考えを持つ人たちのあいだでは、その名はよく知られている。

男はかつて、義理の兄からこの人物の優秀さをずいぶん聞かされていた。

出身は奥州の水沢。隠し念仏や隠れキリシタンが多いところと囁《ささや》かれるここは、伊達《だて》家の分家として一万六千石をいただいている。

高野長英は二十歳のときに江戸で医者として開業し、その翌年、蘭方を学ぶため、長崎のシーボルト塾に入った。

すぐに頭角を現し、翌年にはもうシーボルトから「ドクトル」の免状を得た。その後、平戸の松浦《まつら》家に移って蘭学の勉強をつづけたが、文政十一（一八二八）年にいわゆるシーボルト事件が起きた。

長英はこれに連座することを恐れたかのように姿を晦《くら》ました。男の義兄と親しく付き合ったのもこの前後であったらしい。

長英が江戸にもどったのは、事件のほとぼりも醒《さ》めた天保元（一八三〇）年、二十六歳のときである。以来、麹町貝坂に居を定め、医療をほどこし、さらに塾を開いて、弟子たちに蘭学を教えてきた。

頭脳優秀なため多くを学んできたが、まだ若いのである。三十四の気鋭の蘭学者だった。

「かぼちゃはどうですかい？」

男は、中にいた塾生に声をかけた。

「裏へ回って訊いてくれ」

と、塾生は手を払うように言った。

「そんなこと言わずに。この前はこちらの先生がかぼちゃは大好きだとおっしゃって、ぜんぶ買ってくれたんですぜ。また、先生に買ってもらいたいんで」

「先生が？」

「ええ。高野長英先生が」

「嘘を言うな」

「ほんとですって」

すると、衝立《ついたて》の裏から、

「どうした？」

と、声がした。

「いえ。かぼちゃ売りがこの前、先生が買ってくれたからとしつこいのです」

「かぼちゃ？　わたしが？」

高野長英先生と呼ばれた男は、中から出てくると、さっと顔色を変えた。

「あ、この男か。うむ。わかった。そなたは筆写をつづけるがよい」

そう言って、塾生を中に入らせた。

「あなたは、戸田吟斎さんの……」

と、声を低めた。

「義弟です。橋本喬二郎《はしもときょうじろう》です」

かぼちゃ売りはそう答えた。

「そうだ。おこうさんの弟さんでしたな。あの節はいろいろと」

「いえ、こちらこそ。それよりも、義兄はこちらへうかがいませんでしたか？」

橋本喬二郎は、衝立の陰の気配などを窺《うかが》いながら、小声で訊いた。

「いや、来ておられぬ。上海からもどったというのは聞いていて、ぜひ、お会いしたいと思っていたのだが」

「もどったという話はどなたから?」

「長崎に行った塾生からの便りだった。だが、それも伝聞でよくわからないのです」

「そうですか」

「喬二郎さん。これは言いにくいのですが、吟斎さんはすでに幕府に捕まっているという話もありますぞ」

「はい。わたしも聞きました。それを確かめたいのですが」

「難しいでしょうな」

高野長英は眉をひそめて言った。

「それより、高野さん、ここも見張られているのでは?」

「なぜ?」

「さっきすれ違った浪人者らしき男が、さりげなくこちらをのぞいていきましたので」

「やはり、そうですか。じつは、ふた月ほど前に『夢物語』という冊子をつづったのですが、これを気に入らない向きがあるようでしてね」

「そうですか、『夢物語』ですか」

「ええ。吟斎さんの『巴里《パリ》物語』に倣《なら》ったのです。あの革新的な書物が書かれたのは何年前になるでしょうか」

「九年前ですよ」

「そんなになりますか」

「その件で、わたしはいまだに追われています」

橋本喬二郎はそう言って、自分の腕をさするようにした。さも、この腕が逃亡を支えたのだとでもいうように。

「あれはそれほど、衝撃だったし、影響も大きかったから」

「義兄も光栄でしょう」

「だが、吟斎さんはその三年後、『巴里物語』には過《あやま》ちも多く、もう一度、推敲《すいこう》するまでは他人に見せるなと命じて、真実を知るため、上海に渡られたのでしたね」

「ええ。上海まではどうにか行ったのは間違いないようですが」

「まさか、そこから巴里に？」

「そうしたかったでしょうが、それは無理だったと思います。だが、あの義兄のことだからわかりません」

「たしかに行動力は並外れていましたからな」

「姉はずいぶん心配させられましたよ」

と、橋本喬二郎は苦笑した。

「あの書物を読んだのはどれくらいいたのでしょう？」

「そうたくさんはいません。義兄も危険な書物になったことは重々承知していたはずですから、信頼できる人だけに読ませたはずです」

「わたしの知り合いでは、渡辺華山《わたなべかざん》どのは読んだそうです」

「ええ」

「友人の古関三英《こせきさんえい》も読みました」

「はい、古関さんも」

と、橋本喬二郎は懐かしそうにうなずいた。

「わたしの弟の慶蔵《けいぞう》も読みました。ただ、慶蔵は昨年、やまいで亡くなりました」

「そうでしたか」

「佐藤一斎《さとういっさい》は読んでいないそうです」

「そうですね。ほかに、京、大坂、長崎の知人たちで、全部合わせても二十人ほどではないかと」

「結局、写本はつくっておられぬのでしょう?」

「はい。本人のものとわたしと、姉の一冊、全部で三冊がこの世にあるだけです。ただ、姉のもとにあったものは、ふた月ほど前にわたしが預かっているのですが」

「それでも、あの書物のことを幕府に知られたのですね」

「そういうことだと思います。秘密を保つのはそれほどに難しいのでしょう」

橋本喬二郎は悔しげにうつむいた。

「人というのはよくも悪くも変わるものですからね。ところで、おこうさんはお元気ですか?」

と、高野長英は懐かしそうに訊いた。

「姉は亡くなりました」

「えっ」

「火事で」

「それはまた……。おこうさんは、吟斎さんに負けないくらいの傑物だったのに」

高野長英はいかにも残念そうに唇を嚙《か》んだ。

「姉は亡くなりましたが、意外な人が生きています」

「というと？」

「大塩平八郎さまが」

「なんですって！」

高野長英はよほど驚いたらしく、しばらく言葉を失くした。

「爆死したというのは嘘です。遺体は顔の区別などつかないくらいでしたし、おそらく贋者《にせもの》だったことは幕府も知っているのです。でなければ、生きているという噂が流れるたび、慌てて探ったりはしません」

「それでどうされたのです？」

「大塩さまは、次は江戸で動くのだとおっしゃられて。わたしも協力を依頼されています」

「そうでしたか」

「同志はまだわずかですが、高野さまにもなにかありましたら、われらができるだけのことは」

「ありがたいお言葉です」

「ただ、お気をつけて。向こうの探索も厳しくなっています。だいたいが、わたしの隠れ場所も義兄と姉以外は誰も知らないはずでした」

「知られたのですか？」

「ええ。それで追われているのです」

「なんと」

「不思議です。姉の新しい酒場も知られていたし」

「では、おこうさんは殺されたのでは？」

「それはわかりません。だが、姉を殺すようなことまでするでしょうか？」

橋本喬二郎は首をかしげた。

そのとき、ふいに高野長英の顔色が変わった。

「いま、ここをのぞくようにして通っていった男がいました」

「なりは？」

「浪人者のようでした」

さっきの男だろう。

「おそらく密偵でしょう。高野さま、かぼちゃを買ってください」

「わかりました」

と、高野長英は代金を払った。

「また、連絡します」

橋本喬二郎は、空になったざると天秤《てんびん》棒を持って外に出た。

陽は翳《かげ》り、風が強くなっていた。

第二章　大当たりの男

一

「ううう、寒いなあ」

と、驚いた団子虫みたいに身を縮こまらせながら入ってくる。それくらい今宵《こよい》は厳しい寒さになっていた。

十日ほど前に一尺（およそ三十センチ）ばかり積もった雪はおおかた解けて、日陰に残っているだけだった。それらが、がちがちに凍りつき、ところどころに寒さの種でも蒔《ま》いたみたいに、町中を冷え込ませているのだ。

肴の注文も、温かいものばかりで、湯豆腐や田舎鍋のどちらかは、ほぼ全員が頼んでいる。いつもはかならず出る冷や奴《やっこ》だが、今日は八人の客がいても注文はまだひとつもきていない。

「ふぐがうまい季節になったよなあ」

と、常連の三人連れが品書きを見ながら言った。

「品書きにないものをそんなふうに言うなんて、意地悪じゃないですか」

小鈴は笑みを浮かべながら言った。

「小鈴ちゃんは、ふぐの料理はしないのかい？」

「するわけないでしょ」

「やればいいじゃないか。おいらは小鈴ちゃんがつくってくれるふぐ鍋だったら、当たってもいいぜ」

「おれも」

「おれは、このへんと、このへんに当てて欲しい」

と、頭と胸を押さえた。

「冗談じゃありません。あたしは一生、夢見が悪くなりますから」

「そんなに気にしなくてもいいよ。お化けになって小鈴ちゃんの枕元に行けるんだから」

「勘弁してください」

「じゃ、いつもの田舎鍋を三人前。唐辛子をいっぱい入れて」

そんなやりとりを聞いてから、やはり常連で坂上のしもた家に住む七十ほどの隠居が、

「ふぐはいいよねえ」

と、しみじみとした口調で言った。

「あら、ご隠居さんも召し上がるんですか？」

小鈴は鍋の仕度をしながら訊いた。

「大好きですよ。ふくふくして、さっぱりして。とくに歳を取ってからのほうが好きになりましたね」

「でも、毒がねえ」

「そりゃあ、あなたみたいな若い娘さんは食べないほうがいい。わたしなんかは、毒も効かないかもしれない」

「いいえ。ご隠居さんはお元気だから、がつんときますよ」

「そうでしょうかねえ。ところで、ふぐは発句《ほっく》でもよく題材に取り上げられるんで

すよ」

隠居は発句が趣味で、川柳《せんりゅう》が趣味だったおこうとも話が合っていたらしい。

「発句ですか？　川柳じゃなくて？」

「もちろん、川柳には山ほど出てきますが、発句にも多いです。たとえば芭蕉翁《ばしょうおう》に、ふぐ汁や鯛《たい》もあるのに無分別、というのがあります」

「それが芭蕉なんですか。川柳みたいですね」

「だまされて食わず嫌いが河豚《ふぐ》をほめ、なんていうのも芭蕉翁の御作です」

「それも川柳みたいですよ」

「蕪村《ぶそん》翁には、ふぐ汁の我活《い》きている寝覚めかな」

「なるほど。無事でよかったですねえ」

「一茶《いっさ》翁には、ふぐ食わぬやつには見せな富士の山」

「ううん、ふぐを食べない人は気も小さいのですかね」

小鈴はそう言って、でき上がった鍋を三人連れの火鉢まで運んだ。

「たしかに、巨匠たちもこの題材はもてあましているみたいですな。小鈴ちゃんも、発句がわかるみたいですね。若いのにたいしたものです」

隠居は小鈴をほめた。

「ふぐってそんなに当たるものなのかしらね。まだ、食べたことないんだけど」

と、常連の湯屋のお九が言った。

「なになに、湯屋の姐さん。ふぐならおいらが料理してやろうか?」

と、奥のほうからやはり常連の定八《さだはち》が声をかけた。

「あ、そう言えば、定八さんは魚屋だったね」

「そうだよ。ここの魚もうちが卸してんだぜ。な、小鈴ちゃん」

「はい」

小鈴はうなずいたが、魚のほうの仕入れはほとんど日之助がしている。小鈴も勉強のために魚屋まで行きたいのだが、八百屋だけで手一杯である。

「ふぐだってお手のものだ。さばいて持ってきてやってもいいんだぜ。そんなにお客が食べたいっていうなら」

「でも、高いでしょう、ふぐは?」

と、日之助が調理場の中から身を乗り出して定八に訊いた。

「そりゃあ、高いよ。食う人も少なかったころは、安かったらしいね。なんせ、昔は、お侍なんか絶対にふぐを食べなかったらしい」

「どうして？」

　と、小鈴が訊いた。

「あんなもので命を落としたら恥だというんだろうな」

「へえ、そうなの」

「最近じゃお侍も食うようになったから、ふぐが足りなくなってきたんだ。だから、値は張るけどな」

「ま、とりあえず今年の冬はやめておきます」

　小鈴がそう言うと、板前役の日之助が女将の命令に従うみたいにうなずいた。

「そういえば、ふぐのことで、すごく面白い話があるんだぜ」

　定八はそう言って、常連の客たちを見回した。

「どんな？」

　と、湯屋のお九が訊いた。

「おいらの知り合いなんだがね、富くじで百両当たった男が、ふぐにも当たって死んじまったのさ」

「へえ」

お九がのけぞり、

「それはまた、嬉しいんだか、悲しいんだか。死んじゃったから、悲しいんだけど」

小鈴が神妙な顔をした。

「富くじなんか当たるから、ふぐにも当たったんだ。当たりやすくなっているときは気をつけなきゃいけねえって皆、言ってるんだが、変な話だよな」

「そりゃ、変な話だぜ」

と、星川が離れたところから定八に顔を向けて言った。

星川は酒を飲んでいない。かわりに自分で淹《い》れたお茶を大きな湯呑《ゆの》みでゆっくり飲んでいる。

「あ、元八丁堀の旦那。そんな偶然はつづきませんよね？」

と、定八は星川を見た。

「ああ、つづかねえよ。もちろん、この世にはいろんな偶然がある。だが、偶然に見えるけど、じつは起こるべくして起きたというものもある。おいらは、ほんとはそっちのほうが多いような気がするくらいだ。そのふぐの話も偶然じゃねえと思うぜ」

「起こるべくして起きたと？」

「おいらが現役の同心だったら、首を突っ込むな、その話には」

そう言いながら、星川は茶を飲み終え、立ち上がった。

「ちょっと突っ込んでくださいよ、旦那」

「なんか、おめえに関わりでもあるのか？」

「深い関わりってえのはありませんが、知り合いですし、気になりますよ」

「駄目だ。たしかに面白そうだが、おいらはもう引退してる。それに、それどころじゃねえ。なんせ、酒を抜くのに必死なんだ」

と、店を出ていってしまった。

そこへ、まるで交代したみたいに、女がひとり入ってきた。これから戦場に突撃でもするように、小手をかざし、店全体を眺め渡して、

「うちの奴、来てるだろ。おい、顔を出せ」

と、怒鳴った。

奥にいた定八が、ほかの客の裏に隠れるように首をすくめ、

「いけねえ、うちのふぐが来やがった」


星川勢七郎は今宵も剣を振っている。あの晩、小鈴に——というよりその向こうに見えたおこうの幻に叱咤《しった》されてからは毎日つづけている。

朝、半刻《はんとき》（およそ一時間）と、夜、半刻。

身体の具合を確かめながら、丁寧に扱うように自分を鍛え上げていく。焦らない、ゆっくりした動きである。

だが、無理をしないというのとは違う。人の身体も頭も無理をしなければ進歩はないし、力はつかないと思っている。ただ、無理の仕方には気をつけなければならない。

いま、いるのは暗闇沼の林の中ではない。おこうの店の裏手にある賢長寺という寺の墓地である。ここに、剣の稽古にはちょうどいい一角を見つけたのだ。

沼の周囲は湿気がひどく、踏みしめていると、染み出してきた水で足袋《たび》がぐちゃぐちゃになってしまう。ここの土は乾いていた。

墓場で剣の稽古をしていると源蔵に教えたら、「そんな、縁起でもないところで」と、真面目《まじめ》な顔で言った。源蔵のような男でも縁起をかつぐのかと、思わず笑ってしまった。

できれば、墓石の陰あたりからお化けでも出てもらうとありがたい。お化けを斬りながら剣の稽古ができる。お化けならいくら斬っても死なないだろうから、遠慮なく剣が振れるというものである。

がむしゃらに振るのではない。考えながら剣を振る。

これが若いときの稽古とは違う。若いときはなにも考えなくても、ある程度は上達した。歳を取ると、考えずに稽古しても上達などしない。かわりに怪我《けが》をする。

——若さに勝るものはなんだろう……。

若いときは力まかせのところがある。今は力がなくなった分、無駄な力も入らなくなっている。それは剣にも応用できるはずである。

無駄な動きをつくらない。

押させて引く。押さずに押させて、また引く。

相手が力まかせであれば、次第に疲れてくる。

そのためには、できるだけ勝負を長びかせることだ。やがて、疲れは相手から力を奪い去って、こっちが優位に立つだろう。

——なんて、ずるいのだろう。

だが、ずるさは武器なのだ。若いうちより明らかに勝っているのは、そのずるさくらいなものではないか。ずるさ、したたかさ。

これからは、そうした剣をめざすべきだろう。

わきにケヤキの大木がある。すべて葉を落としたように見えて、まだ、わずかな枯れ葉が枝にしがみついていたりする。幹を蹴ると、その枯れ葉が、はらはらとため息のように情けなく舞い降りてきた。

月はまだふくらみきってはいないが、提灯の明かりもあるので、枯れ葉はよく見えている。

これを切るのではなく、小さく突くのだ。

若いときはこの技が嫌いで仕方がなかった。なんだかつまらない小言を言われているような、陰険な印象だった。また、弱いやつほど突きを好む気もした。「剣は大きく振れ」と、じっさい後輩などにはそんな教え方をしたものだった。

だから、道場で突きを多用する者がいると、星川はこてんぱんにぶちのめしてやった。

――それがいまでは……。

内心、忸怩《じくじ》たるものはある。だが、そうも言ってはいられない。使いようによってはじつに効果的な剣なのだ。正眼に構えたところから、最小の動きで敵に達することができるのは突きなのである。

「えいっ、やっ」

相手の剣をかわすようにしながら、手の甲を、二の腕を突く稽古。

星川はしばらくその稽古に熱中した。

二

定八の女房は、亭主の前に立ち、両手を腰に当てた仁王立ちの恰好《かっこう》で、

「飲み屋の女にうつつを抜かしやがって」

と、言った。駕籠《かご》かきだってやれるくらい、いい体格をしている。背丈も定八よ

り大きいのではないか。

「女にうつつを？　ちがうよ。妙なかんぐりはやめてくれよ」

定八は弁解した。

だが、女房は聞きはしない。鼻でせせら笑い、

「ずいぶん若い娘に夢中になってるんじゃねえか」

と、小鈴を指差した。

「だから、誤解だってえの」

定八は泣きそうな顔になっている。

そんなやりとりを見ながら、小鈴は日之助に訊いた。

「外でやってもらう？」

「いや。ちょっとようすを見ようよ」

日之助はそう答えた。

定八の女房は怒ってはいるが、どこかふざけたような調子もある。何度も演じてきた芝居みたいな、慣れも感じられる。こうした喧嘩《けんか》騒ぎはもう数え切れないくらいやってきたのだろう――と、日之助は思った。

源蔵も苦笑いをしながら、黙って定八の女房を見ている。

「あたしにも酒」

女房はそう言って、定八の前に座った。

「なんだと」

定八はすごんで見せるが、

「文句あんの？」

たじろぎもしない。

「べつに、いいけど」

定八はうつむいてしまう。

女房は酒を運んできた小鈴をじろりと睨んで、

「あんたが女将？」

「駆け出しですが、そういうことになってます」

「あたしゃ、定八の女房のふくでぇす」

と、半分ふざけた調子で自分から名乗った。

「はい、どうも、いつもお世話になってます」

小鈴は笑顔を浮かべて言った。別になにも後ろめたいことはない。

「ふくというより、ふぐだよ」

定八がそう言うと、ふくは、

「やかましい」

と、大声で言い返した。

「すみません。皆さん、楽しく飲んでるんで」

日之助が調理場から、にこやかにたしなめた。

「そりゃそうだね」

ふくも、それには素直にうなずいた。

「いま、百両当たって、ふぐにも当たって死んだという男の話をして、盛り上がっていたところなんだよ」

と、定八がふくに言った。

「ああ、仙吉《せんきち》のことかい」

ふくは熱燗をうまそうに飲んだ。

「おかみさんも知り合いなんですかい？」

日之助が訊いた。

「というか、遠い親戚だったんだよ」

「だった？」

「若いとき、あんまり女遊びが過ぎて、勘当になったのさ」

「ああ、勘当ね」

日之助は微妙な顔でうなずいた。自分も勘当になったのだ。ただし、勘当の理由は違う。父親の商売のやり方にさからいつづけたせいである。女遊びはまったく関係なかった。

「富くじに当たるなんざ、つねづね運のいい男だったのかね？」

と、源蔵がわきから訊いた。

「運なんかいいわけがない。ろくでもないことばっかりやって、よくもいままでお縄にならなかったもんだよ。あ、そういう意味では運がよかったのかもしれないね。奉行所のご厄介にならないうちに死んだのだから」

「富くじに当たったのはいつのことだい？」

「七、八日前でしたね」

「それを元手に商いでも始めるつもりだったのかね？」

「そんなこと思うやつじゃありませんよ。女とバクチで一年もしないうちからすっからかんになるはずだったんです」

「でも、死んじまったらもう使いようもねえわな？」

「そりゃそうです」

「だったら、百両のうち大半はまだあるんだな」

源蔵は、まるで仙吉に金でも貸してあったみたいに、安心した口調で言った。

「それが違うんですよ」

「ないのかい？」

「見つからないらしいんです」

これにはほかの客たちも「ほう」とこっちを見た。百両が消えて、どこか自分の手のとどくあたりに隠されているとも限らない——と、そんなふうにでも思ったのだろう。

「誰かに預けたとか？」

大金なら長屋などに置いていたら物騒である。証文をもらって大きな両替屋に預けたり、そのまま富くじを売った寺社に置いといてもらったりもする。

「さあ」

「消えたってわけか？」

「あたしにはわかりませんよ」

「そりゃあ、星川さんが言ってたみたいに怪しい話だ」

「そうですよね」

「当たったとわかっている奴がいて、そいつが百両を奪うため、仙吉を殺したんじゃねえのかと、疑うこともできる」

「そうかもしれませんよね」

「そのふぐはどこで食ったんだい？　まさか、あんたのところでさばいて届けたんじゃないだろう？」

と、源蔵は定八に訊いた。

「おい、滅相もねえこと言うなよ。おいらはいままで、一度だって中毒なんか起させたことはねえぜ。なあ、かかあ」

「そうですよ。この人は頭は馬鹿だけど、腕はしっかりしてるんだから」

と、さっきの剣幕はどこへやらで、ちゃんと亭主をかばった。

「そいつはよかった」

「料理屋で食ったわけではなくて、さばいたやつを買ってきて、仙吉の家で鍋にして食ったそうです。でも、どこでさばいたのかはわからないみたいですね」

と、ふくは言った。

「鍋は何人で突っついたんだ？」

「三人だそうです。仙吉といっしょに、亀次《かめじ》とちよという友だちが食べて、そのうちの仙吉とちよが死に、亀次は回復したんです」

「回復した？」

源蔵はふくに疑いの目を向けた。

「いやですよ、そんな顔なさって」

「別にあんたを疑ったわけじゃねえ。その亀次ってやつは臭いだろうよ」

「ええ。そう言ってる者もいるらしいです」

「ふうむ」

源蔵は腕組みした。

もちろん、ふぐに当たったからといって、かならず死ぬとは限らない。回復する者もいっぱいいる。だが、一人だけ生き残ったとなれば、誰だってなんらかの疑いはかけられるだろう。

「三日三晩、寝つづけたそうですぜ」

と、定八が言った。

「寝たふりなんぞはいくらでもできるからな」

「仙吉は、そのちよって女にベタ惚《ぼ》れだったんですよ」

と、ふくが言った。

「へえ、いい女だったのかい？」

「まあね。髪結いをしていて、あたしもやってもらってたんです。でも、男の出入りは多かったみたいですね」

「亀次ともできてたとか？」

「それはないみたい」

「じゃあ、仙吉はベタ惚れだった女といっしょに死ねたんじゃねえか」

「ほんとですね。幸せなやつですねえ」

「無理心中ってのもありかな」

源蔵がそう言って考え込むと、ふくは、

「うちのもちよさんには色目を使ってた口でしたね」

「おい。い、いきなり、な、なにを言いやがる」

仙吉がひどく慌てたところを見ると、まんざら外れてはいないかもしれない。

星川が稽古を終えてもどってきた。

「すごいね。この寒い夜に、頭から湯気を立てているよ」

と、客は驚いて星川を見た。

星川のほうは、そんなことより入口近くにぽつんと座っている客のことが気になった。

この前、店の前で小鈴と話していた男である。

名前はそのあとで、源蔵に聞いていた。平手造酒。名前の造酒という漢字は当て字だそうである。

この男とは以前、一度、坂下の道ですれ違ったことがあった。背が高く、肩幅が広い。なによりも、身体全体から放つ殺気のようなもの。それは一目見たら忘れられないものだった。

　この男が、噂になっていた仙台藩の遣い手、平手造酒だった。藩士たちは、女に振られたのがきっかけで平手は酒に溺れたと語っていた。

　その女というのが、やっぱり小鈴だったらしい。

　さらに、源蔵から聞いて、危うく斬られそうになったとき、この平手造酒が助けてくれたのだということもわかっていた。もっともそれは、単に金のためであるらしかったが。

　星川たちは当然、平手と小鈴のことを話し合った。

「小鈴ちゃんに訊いたよ。遠慮しながらだけどさ、あいつは小鈴ちゃんのいい男なのかいって」

　と、源蔵は言った。

「そしたらなんて？」

　日之助がつづきを催促した。

「そうだったんだと。でも、一年半ほど前にきっぱり別れたんだとか」

「小鈴ちゃんは、たしかにそう言った。きっぱりのところは、きれいさっぱり、だったかもしれねえが」

「いずれにせよ、すでに別れてるんだな」

と、星川が言った。

「だが、また通ってくるようになったら、どうなるかわかりませんぜ」

源蔵がそう言うと、

「いや、小鈴ちゃんは大丈夫だと思いますよ。なんだかんだいっても近ごろの娘ですからね、だらだらと未練を引きずったりはしませんよ」

と、日之助は言った。

「おいらたちみたいにか」

星川は笑った。

下手に反対したら、逆効果になるだとか、金で平手にはどこかに消えてもらうかとか、いくつかの案が検討された。

だが、結局、

「ほんとか？」

「これぱっかりはどうしようもねえ。黙って見ているしかしょうがねえや」

そういう結論になったのだった。

それから三日ほどは来ていなかったが、今日になって顔を見せたらしい。

「来てるな」

と、星川は源蔵に小声で言った。

「ええ。つい、さっきです。来たときはもうだいぶ酔ってました」

「小鈴ちゃんは嫌がったりしてたかい？」

「そうでもないです」

「そうか」

当人がなにも言わないのを、こっちが首を突っ込むのは逆に嫌がられるだろう。

「まさか、喜んでいる？」

「それもないですね」

肺を患った男のように色が白い。涼しげな顔立ちで女にはもてるだろう。背は高く、肩幅が広く、動きは俊敏そうである。剣の腕が立つのは身体つきからも窺える。

星川はもう一度、平手をちらりと見て、ほかの客がいるほうに腰をかけた。

「星川さん。一杯くらいはいいんじゃねえですか？」

と、源蔵が言った。

「いや、一生飲まないというつもりじゃねえが、一度、身体からきれいに酒を抜こうと思ってな」

「そりゃあいいかもしれねえ」

「それより、さっきは面白そうな話をしてたけど、なにかわかったかい？」

星川は自分で茶を淹れながら訊いた。

「まったくわかりませんよ。ただ、当たった百両は見つからないままだっていうから、ふぐで死んだってえのは、殺されたのかもしれません。でも、証拠もなにもありゃしませんのでね」

と、源蔵が言った。

「なんだよ。その話は下手すりゃでかい悪事にからんでるぜ。おいらにちゃんと聞かせてみな」

そう言って、星川はうまそうに茶をすすった。

三

ざっと一通り話を聞いたあと、

「富くじは、どこで当たったんだ？」

と、星川は訊いた。

「目黒のほうの寺だとか」

定八が答えた。

麻布からなら目黒はそれほど遠くない。だが、わざわざ江戸のはずれに行くようなもので、ここから目黒に行く者は多くない。どうせなら、日本橋や両国、浅草のほうに行ってしまうのだ。

「なんでわざわざ目黒の寺で買ったんだろうな？」

星川は首をかしげた。

「さあ。でも、それがよかったんだろうって言ってましたぜ」

と、定八は言った。

「ところで、富くじに当たったやつってのは、皆、そんなに正直に当たったと言うものなのかね」

星川は周りを見た。

「ああ、言わないかもね。知られたら、奢《おご》れとかうるさく言われるだろうし」

と、湯屋のお九が言った。

「そういえば、いちいち羨《うらや》ましがられたりするうち、居にくくなって、長屋から出なくちゃならなくなったなんて話を聞いたことがありますな」

坂上のご隠居が言った。

「なるほどな」

星川はうなずいた。

富くじに当たったからといって、かならずいいことばかりとは限らない。見知らぬやつに妬《ねた》まれたり、あるいは意地悪を仕掛けられたりするかもしれない。仙吉の場合もそれだったのか。

「あたしも言わない。黙って持ってる」

常連で、いまはお九の湯屋で働くちあきもそう言った。

「おいらもやっぱり言わねえな。こいつにふんだくられるだけだもの」

定八がそう言うと、

「あんた！」

と、ふくは怒った。

「そうだよな。大喜びしてべらべらしゃべって回るやつはそんなにいねえよな」

星川がそう言うと、客たちも皆うなずき、

「ほんとだな」

「でも、仙吉は自分からべらべらしゃべって回った」

「やっぱり、仙吉ってのは馬鹿だったんだ」

などと口々に言った。

星川はしばらく考え込んで、

「もしかしたら、口だけで、当たってねえんじゃねえか？」

そう言うと、皆は、

「えっ？」

と、なった。

「いや、旦那、それはねえって」

　と、定八が言った。

「百両を見たのかい？」

「いえ、見ちゃいませんが、百両当たってなかったら、あんな大盤振る舞いはできませんよ」

「なに、お前さんまで奢ってもらったのかよ」

　ふくが文句を言った。

「あんときは、しょうがねえんだよ。一番くじを引いたときは厄祓《やくばら》いをしなくちゃならねえって仙吉が言うし、付き合いってものがあるだろうが」

「なにが付き合いだよ。どこ行ったんだよ」

「吉原だよ」

「そういうとこに行ってんじゃないよ。そんな元気があったら、あたしをさわれ。ほら、ほら」

　ふくは無理やり定八の手を取ると、胸や尻に導いた。

　これには皆、大笑いである。

「何人で行ったんだ？」

と、星川が訊いた。

「ええと、八人ですか」

定八は指折り数えて答えた。

「それを全部、仙吉が奢ったってかい？」

「いや、その前の飲み食いは割り勘にしました」

「いくらかかったんだ？」

「そんなたいした店じゃねえですから」

「それにしたって、ちゃんと一人ずつ花魁《おいらん》が来たんだろ」

「えへっ、そりゃあ、まあ」

定八がつい、にやけた顔でうなずくと、

「このぉ」

と、ふくが後ろから背中を叩いた。

「ただ、仙吉の野郎は女を呼ばなかったんです」

「惚れた女に操を立てたってかい？」

「いや、なんでも尻を強く打ったかして、腰を動かせないとかで。どうもおかしな歩き方をしてるなとは思ったんですが。だから、自分だけいい花魁を呼んだなんてことはなかったです」

それにしても吉原は、岡場所あたりと違っていろいろと手順がある。舟だの駕籠だのも使ったりする。そうそう安くは済まない。

定八の話を聞くと、星川は頭の中でそろばんでもはじくような顔をして、

「まあ、全部ひっくるめて三両ってとこかな」

と、言った。

「そうですね。そんなとこですか」

「だいたいが、富くじなんてのは、百両当たったって手数料だのなんだの取られるから、手元に残るのは八十両を切ったりするんだぜ」

「そうなんですか」

「それで三両もぽんと奢るかね」

星川は周りを見た。皆、首を横に振るばかりである。

「百両じゃねえのかもな」

星川はぽつりと言った。

「え？」

「目黒の寺と言ったな？」

「ああ、はい」

定八はうなずいた。

「目黒で富くじをやるような大きな寺といえば、目黒不動だ」

「祐天寺はやってませんね」

「おかしいな」

星川は天井のあたりを見た。癖になっている。そのあたりに、おこうの存在を感じることがある。

「なにがです？」

「目黒不動の富くじは規模が大きくて、一等は百両じゃねえ。千両だ」

「じゃあ、千両当たったんだ。そうだよ、あんな大盤振る舞いは千両だからできるんだ」

定八がそう言うと、

「二等は五百両だよ」

ふくが付け加えた。

「そうか。じゃあ、二等かもしれねえな」

「でも、一番くじが当たった厄祓いって言ったんだろう?」

「あ、そう言ってました」

「それに目黒不動の富くじは、年末か正月だったんじゃねえか?」

「あ、ほんとだ。じゃあ、目黒不動じゃなくて、どこかもっと規模の小さなところの富くじだったんですね」

なにせ、江戸は富くじだらけで三十カ所ほどの神社や寺が富くじをおこなっている。それも年に一度とは限らず、多いところでは毎月のように開催する寺社もあった。

「いや、千両くじが当たる富突きは、どこも年末か正月だったはずだぜ」

と、星川は否定した。

「なんか変だな」

皆、首をかしげた。

平手造酒はそんな話には加わらず、離れたところで酒を飲みながら書物をめくっていた。書物といっても手書きの写本で薄いものである。

小鈴が頼まれた酒を持ってきた。星川たちがこっちを気にしているのが痛いほどわかる。こんな酔いどれ男のどこがよかったのかと思っているのかもしれない。

「はい。どうぞ」

三合目からは冷やにしている。

「ああ」

「これで五合だからね」

「なにせ懐が温かいもんでな」

「源蔵さんからふんだくったやつでしょうよ」

「ふんだくったとか、人聞きの悪いことは言うなよ」

「ふうん。人聞きなんか気にするんだ」

「いや、気にしない。決まり文句を言ってみただけだ」

「これで終わりだよ。うちじゃ、もう飲ませないよ」

それは三合目のときも、四合目のときも伝えてあった。五合以上は飲ませないと。

「わかってるよ」

「なに読んでるの？」

と、小鈴は訊いた。なにか読みながら飲むのは昔からだった。それも絵草子のたぐいではなく、いつもなにやら難しい本を読んでいた。ただの剣術馬鹿ではないところも、この男の魅力だった。

「こういうやつだ」

と、表紙を見せた。

「夢物語……なんの夢？　酒の湯船で飲みながら浸《つ》かる夢？」

皮肉を言ってやった。

「ふん」

「そういえば、無人島に行きたいとかよく言ってたよね」

「それはいまもある。無人島にあんたと行きたい。世の中のいろんなことが嫌になってきた」

「おあいにくさま」

小鈴は冷たく言った。

「無人島はいまや、蘭学者たちの憧れの地なんだぜ」

「そうなの？」

「もっとも、おれとは憧れかたが違う。連中は、そこで海外と自由に交易をしたくて行きたがってるんだ」

「その本もそういうことが書いてあるの？」

「いや、ちょっと違う。西洋にイキリスという国がある。去年、そのイキリスのモリソン号という船が浦賀にやって来た」

平手は「イキリス」と書いてあるところを指差した。

「もしかして、あの話？」

去年、船を見に行こうと誘われ、浦賀に旅をした。

結局、その旅がこの男と別れるきっかけになった。

「そう。あんたと浦賀に行ったとき、漁師に聞いた話。あれがモリソン号という船のことだった。あのときは、なにもわからなかったけどな」

小鈴たちが行った十日前、異国の船が来ていて、ここらは大変な騒ぎだったと聞いたのだった。

「まさか、その船って攻めてきたの？」

「違うんだ。漂流していたところを助けた七人の日本人を送りとどけに来たのだ。それを幕府は来るんじゃないと、砲撃して追い返した」

「まあ」

「そのモリソン号がまた来るというのを、来させないと幕府は言っている。この著者は、それに反対している。漂流していたわが国の民を助けてわざわざ連れてきてくれたのだ。礼を言って受け取るのが仁義というものだろうと。ま、そこらは居丈高に書いているんじゃなく、問答形式でさりげなく書いてはいるんだがな」

「でも、ほんとだよね」

と、小鈴は声を低くした。下手したらご政道批判に取られかねない。

「船が来たのは、浦賀のあたりの連中は皆、知ってただろ？」

「ええ。異人の船の近くに遊びに行ったって自慢してたよ。船に乗せてもらった人もいるって」

「それは知らなかったな」

「あら、そう。あのときもあんたは怒り出して、あそこで別れちゃったからね」

「そうだったっけな。まあ、それはそうと、この書物はなかなか面白い」

平手はすっとぼけた。いつも都合が悪くなると、とぼけた。さらに言えば、今度は激越な調子で怒り出すのだ。

「誰が書いたの？」

「わからぬ。著者の名はない。だが、蘭学を学んでいる者には違いないだろうな」

「ふうん」

「そういえば、あんたの父親も蘭方の医者だとか言ってたな」

「言ったっけ？　でも、もう生きてるか、死んでるかもわからないんだよ」

父の思い出は、母よりもさらに少ない。

母がいなくなる一年ほど前にいなくなった。

戸田吟斎。何人かの弟子たちは、「吟斎先生」と、尊敬がこもった調子で呼んでいた覚えはある。

だが、表の診療所みたいなところで仕事ばかりしていた。母もそこの仕事を手伝っていた。

父は旅に出ることも多かった。「長崎」という地名は何度か聞いていた。

それから父も本を書いていた気がする。

一度はそっと、その書いているものを盗み読みしたことがあった。

——あ。

この前、ふと浮かんだ江戸の町が焼け、あっちこっちから火の手が上がる光景は、もしかしたら父の書いたものの中にあったのではなかったか。

「おい、どうした？」

平手造酒が小鈴を見ていた。

つい、父のことを考えて、ぼんやりしてしまったらしい。

「なんでもない。じゃあ、これを飲んだら、帰ってね」

小鈴はそう言って、平手に背を向けた。

四

「もともと持っていたとしたら？」

と、星川勢七郎は言った。

「え？」

魚屋の定八が、訳がわからないといった顔をした。

「仙吉は、もともと持っているはずのない大金を持っていた。それを富くじに当たった運のいい男と思わせて、大金を持っていることを不自然でなくしてたのさ」

「では？」

「盗んだ金なんだよ」

「えっ」

これには、皆、驚いた。

「仙吉の相棒が亀次だ。たぶん盗んだ金は山分けにしたのさ。ところが、仙吉はちよに惚れ、金を持っているのは自慢したい。金に目がくらむってのもあるしな。だが、まさか盗んだ金とは言えねえ」

「そりゃそうですね」

「それで富くじに当たったと吹聴《ふいちょう》して回った」

「ちよもくらりと来たかもしれませんね」

定八は羨ましそうである。

「だが、亀次のほうは気が気ではない。だいたい大金を持ってるなんてことも隠さなければならないのに、女に惚れて富くじに当たったなどと言い出した。そんなことが嘘だとわかったら、どういう金だと追及されるだろう。だから、二人まとめて口を封じたのさ」

「そういうことか」

「目黒あたりが臭えな」

と、星川は言った。

「臭い？」

「あそこらの店で盗みを働いた。それが、目黒の富くじに当たったという話になるんだ」

「でも、嘘をつくんだったら、盗んだところとは遠い寺にするんじゃないですか？」

と、お九が言った。

「そうだよね。あたしだったら、谷中の天王寺の富くじに当たったということにする。あそこの富くじだって一等は千両だよ」

ちあきもお九の意見に賛成した。

「ふつうは、そう思うよな？」

星川はにやりとした。

「うん」

と、女ふたりはうなずいた。

「ところが、人間てえのはおかしなものでな、嘘をつくときもどこかにほんとのことが入るんだ。まるっきり違う嘘にはなってなかったりするのさ」

「そんなものなんだ」

「でも、わかる気がするなあ」

ちあきが感心したように言った。

「急には頭が回らなかったってこともあるよね」

「うっかりほんとが混じっちゃったんだ」

「あ」

湯屋のお九が大きな声を出した。

「どうした？」

「うちの湯で釜焚《かまた》きをしている権爺《ごんじ》いってのがいるんだけど、あの爺さんは目黒の生まれなの。それで、半月ほど前、実家のあとを継いでいる兄さんが亡くなったとかで、三日ほど目黒に行ってたのよ。そのとき、近くに泥棒が入って騒ぎになったとか、そんな話をしてたような気がする」

「お九さん。それ、あたしも権爺いから聞かされた。威張りくさった大店で、ざまあみろとか喜んでたよ」

と、ちあきも言った。

「あたし、ちょっと行って、権爺いに訊いてくる」

お九が立ち上がると、腰の軽いちあきも付き合うことになった。

四半刻ほどして——。

二人は満面に笑みを浮かべてもどってきた。

「凄《すご》いですよ、星川さん」

「麻布にいながら、目黒の押し込みを解決しちゃった」

「なにがわかったんだ？」

「あのへんじゃいちばん大きな米問屋がやられたんだけど、逃げるときに後ろ姿を見られてるの。二人組だったたって」

と、お九が言った。

「二人だと勘定が合いますね、旦那」

定八が言った。

「それだけじゃないよ。千両箱を抱えて逃げるところだったんだけど、片方がひっくり返るかして、尻を強く地面にぶつけたんですって」

「あ、仙吉の尻が」

「そう。しかも、そのとき、ひっくり返った男が、亀、待ってくれと……」

お九はそこまで言って、「どうだ?」という顔で皆を見た。

「決まりですね、星川さん」

それまであまり口出しせずにいた源蔵が言った。

「充分だな」

と、星川もうなずいた。

「切れ者同心の復活ですね」

日之助も嬉しそうに言った。

源蔵もうなずいて、

「正直、あっしはあのまま星川さんは駄目になっていくんだろうと思ってましたぜ。酒に溺れ、永坂の清八さんみたいに肝ノ臓を壊しておっ死《ち》ぬんだろうなと。よく踏みとどまってくれましたよね」

「手厳しく説教されたからな」

と、星川は小鈴を見た。

小鈴の目に涙が浮かんでいた。

「ちっと番屋まで行ってくるよ」

と、星川は刀を差して立ち上がった。

「星川さん。坂下町の番屋はやめたほうがいいですよ。やる気のない爺さんばかりで、ろくな働きをしませんから」

お九はこの前もそんなことを言っていた。よほど懲《こ》りているらしい。

「わかった。宮下町のほうの番屋に行くよ」

「あ、あっちは大丈夫ですよ」

「それとな、源蔵」

星川は戸口の前に立って、源蔵を手招きした。

「なんですかい？」

「おめえの命を守る方法をひとつ考えた」

とりあえず、源蔵の目先の敵は平手造酒が片づけてくれた。だが、あのときの男はただの命じられた刺客にすぎないのだろう。

おそらく大塩平八郎のことを知っている男として、この先も狙われるに違いない。

「そりゃあ、ありがたいです」

素直にうなずいた。

だが、星川の提案は思いがけないものだった。

「岡っ引きになるつもりはねえか？」

と、言ったのである。

「あっしが？」

源蔵は目を瞠《みは》った。

「考えたら、おめえくれえぴったりの男はいねえ」

星川の口ぶりは嘘を言っているふうには思えない。

「そうでしょうか」

「顔も広いし、調べごともうまい。喧嘩も強いし、睨みもきく」

「そこらは最近、自信がねえんで」

「いや、絶対に大丈夫だ。さっき、墓場で剣を振るっているとき、ふっと思いついたんだけどな、おめえなら最高の岡っ引きになれるぜ」

「そうですか」

「それに、おいらはもう同心じゃねえ。ここの付け火について探るのさえ大変だ。おめえが岡っ引きになれば、そっちの調べもしやすくなる」

「なるほど」

「いまなら、まだ、いろいろと根回しもできるんだ」

「考えたこともなかったですぜ」

「だが、考えといてくれ」

星川はそう言って、襟巻を首に回すと、外に出ていった。

小鈴がまだ足元のしっかりしている平手造酒を送り出すと、最後の客は定八とふくの夫婦になった。

「お茶を一杯だけいただいて帰ろうかな。ねえ、あんた」

「ああ」

定八のほうがだいぶ酔っている。たぶんふくが定八を抱えるようにしてこの坂を降りていくのだろう。

ふくはゆっくりお茶をすすり、店の中を一通り見回してから、

「いい店だね」

と、言った。

「ありがとうございます」

「そんなに飾り気もないのに、なんかお洒落な感じがするんだよね」

「亡くなった母の趣味だったみたいです」

それは本当にそうなのである。星川たちは、火事で焼ける前の店とそっくりに、ここをつくったらしい。だから、花を活けた花瓶の場所も同じだし、いまはあの招き猫が置いてある棚のつくりもいっしょなのだ。

飾りものは多すぎず、すっきりとこぎれいな店になっている。

「酒も肴もおいしいし」

「酒の肴はまだ、勉強しなくちゃいけません。おいしい魚料理があったら教えてください ね」

「ああ、いいよ。ほんと、うちの奴が通うのには勿体ない店だよ」

「そんなことはないですよ」

「前の女将さんも素晴らしい人だったって、皆、言ってるよ」

「はい」

やはり客は、母と自分を比べているのだろうか。比べられたら、なにもかも劣っているに決まっている。

「でも、背伸びすること、ないよ」

ふくは、ここに入ってきたときはまるで違う、やさしい顔で言った。

「え？」

「まだ若いんだからね。おっ母《か》さんみたいに、なにもかもうまくはできないよ。だいいち、直接にはなにも教えてもらってないんだろ？」

「ああ、そうですね」

たしかに、直接には教わっていない。

だが、調理場で肴をつくっていても、客の話相手をしていても、ときどき母の視線のようなものを感じるのだ。それは本当に、肌が押されるようにしっかりと感じるのだ。

――見ていてくれるのかもしれない……。

「でも、あたし、母に捨てられたんですよ」

と、小鈴はふくに言った。

「そりゃあ違うよ。なんか、わけがあったんだよ」

「わけが？」

「わけは皆にあるんだけどね。でも、あんたのおっ母さんにはきっと、とびきり大きなわけがあったんだよ。そうでなきゃ、あんたみたいな娘を見捨てないよ」

「あたしみたいな？」

「うん。けなげで、ひたむきで、でも、なにするかわからないような、ちっと危なっかしい感じもあったりする」

「そんなふうですか、あたしって？」

自分ではなかなか自分のことがわからなかったりする。あの、しりとり占いで、他人の心を見るような具合にはうまくいかないものなのだ。

「そんなふうだよ。見てみなよ、ここの旦那衆のあんたを見る目を。娘を心配する父親の目じゃないか」

「え？」

小鈴が源蔵と日之助を見ると、二人は慌てて目を逸《そ》らした。

「やっぱり、ここはあたしの贔屓《ひいき》の店にするよ」

ふくがそう言うと、

「おい」

と、定八が酔眼を向けた。

「文句あんの？」

「いや、まあ」

首を引っ込めてしまう。

「ほら、酔い覚ましのお茶、飲みなよ。飲ませてやろうか」

と、ふくは茶碗を差し向けた。

「馬鹿、照れるだろうが」

「おや、いらないの？」

「いらねえなんて言ってねえだろう」

と、定八は口を差し出した。

「ようよう」

源蔵が奇声を上げ、

「ほんとは仲がいいんじゃないですか」

日之助がからかった。

「なんのかんの言っても、定八は尻に敷かれているほうが、居心地がいいのさ」

「いますよね。そういう夫婦って」

源蔵と日之助に見送られ、魚屋の夫婦は一本松坂を降りていった。

五

「ちゃんと、戸締まりするんだぜ」

「おやすみ、小鈴ちゃん」

源蔵と日之助は、小鈴に声をかけて、坂道を降りはじめた。星川はもうもどらない。番屋に定八のことを説明して、そのまま家に帰ったのだろう。

「星川さんになにか言われてたでしょう？」

と、日之助が訊いた。

「おれに岡っ引きになれとさ」

「岡っ引きに？」

「そのほうが危険を逃れるのに都合がいいし、逆にこっちもいろいろ探ることができるというんだ」

「なるほど。それは星川さんらしい奇策ですね」

「ああ。おれも驚いたぜ」

「どうするんですか？」

日之助は、源蔵の顔をのぞき込むようにして訊いた。

「迷ってるんだ」

「どうして？」

「おれは瓦版屋であることを誇りにしてきたんだよ。その瓦版屋の魂からしたら、町方ってえのは決して仲間じゃねえ」

「仲間じゃないんですか」

すこし嬉しさがにじみ出たかもしれない。日之助もまた、町方には当然、やましさを感じている。

「大きな声じゃ言えねえが、すくなくともおれは、つねにご政道に異議申し立てをする気持ちはあった。あんたたちがやっていることは、それでいいんですかと、民の側から見てきたつもりだった」

「それは、このあいだ、源蔵さんの瓦版を読んだときも感じました」

「そんなおれが、てめえの身が危なくなったからって、町方の手下になっちまっていいのかよ」

源蔵は吐き出すように言った。

日之助は足を止めた。坂道も下のほうまで来ている。

源蔵も立ち止まった。煙草《たばこ》を吸いたいが火種がない。煙管《きせる》だけ咥《くわ》えた。

「いいじゃないですか、源蔵さん」

「なにが?」

「なればいいんですよ。岡っ引きになったからって、べったり町方に染まって、お上の側に立ってしまうわけじゃないですよ。岡っ引きになって、町人のために働けばいい」

「上のほうから、町人のためにならねえことまでやれと言われるかもしれねえぜ」

「そのときは、しらばっくれたり、仮病でも使ったりしたらいい。源蔵さんなら、誰よりもうまく、そういうことができますよ」

「まあな」

源蔵は苦笑いをした。

「それに星川さんを見てると、お上の側に立っていたようには見えませんよ。ずっと民のほうを見て仕事をしてきたように思える。その星川さんが言い出したことでしょう? だったら、大丈夫ですよ」

「そうかね」

「まずは、命を守りましょうよ。源蔵さんまで殺されたら、小鈴ちゃんも可哀そうでしょう」

「…………」

源蔵は答えず、ふたたび歩き出した。

小鈴は源蔵と日之助を送り出すと、かんぬきを下ろし、もう一度、火の始末を確かめてから二階へ上がった。

「なんで来るんだろうね、あいつ。平手造酒」

と言って、柱を足先で蹴った。

とんという音に驚いたのか、猫のみかんが押入れから出てきた。

「焼け棒杭《ぼっくい》に火がついたらどうするんだよ」

と、みかんに向かって言った。

「みゃあ」

みかんが小鈴を見上げた。

「よりによって、いちばん好きだった男が」

平手造酒は、以前、働いていた日本橋南の飲み屋に来ていたのだ。

近くの桶町《おけちょう》に剣術の千葉《ちば》道場があり、そこで剣を学んでいた。

筆頭と言えるくらい強いというのは、いっしょに飲みに来る仲間たちとの話からもわかっていた。

一度、たまたま道場の前を通ったとき、小鈴が窓からのぞくと、平手が稽古をしているところだった。

颯爽《さっそう》としていた。そう広くもない道場の中を、まるで野原を駆ける獣のようにすばやく動いた。汗が、葉に当たってはじける雨のようにきれいに見えた。

躍動する男の身体があんなにも美しいものだというのは、初めて知った。飲み屋に来ているときは、かならずだらしなく酔っていたが、まるで別の姿があることに胸がときめいたものだった。

ある晩、平手が店で酔いつぶれ、途中まで送るつもりが、もう一軒寄ることになった。そのまま二人で酔いつぶれ、男女の仲になった。すでに好意を持っていたから、平手に限って後悔はなかった。

麻布の下屋敷から桶町の道場に来る日は、いつも小鈴の長屋に泊まっていた。

あるとき平手が言った「いっしょになろう」という言葉は、嘘ではなかったと思う。「武士の家になんか入れっこないよ」と笑うと、「馬鹿。あんなものはどうにでもなるんだ。それに、おれはそのうち武士をやめるんだ」とも言った。

結局、そういうことになってしまったらしい。平手はすでに、藩から追放され、千葉道場も破門になってしまった。

「なんなんだろうね、ああいう男って」

と、小鈴はみかんに言った。

「にゃお」

みかんは寂しげに鳴いた。

「いい夢を見るくせに、あいつはそれを実行しようとしない。酒のせいで、足元が崩れていくんだ」

今日も言っていたが、無人島に行くという夢は、あのころもよく言っていた。

無人島なんて言葉は知らなかったから、「なに、無人島って？」と、訊いた。「誰も住んでいない島のことさ」「そんな島、あるの？」「ずっと沖に出ればいっぱいある。そこに住んで、魚を獲《と》ったり、泳いだりして一生を過ごすのさ」「ふうん」

冷たい返事をしたが、じつはひどく魅力を覚えたのだ。人と接するのは、平手ほど嫌いではなかったが、死ぬまで平手と二人だけで過ごすというのは悪くないような気がしたのだった。

「いいやつなんだよ。そこらで、つまらない自慢をしてたり、けちな慾《よく》にうつつを抜かしてるやつより、ずっといいやつなんだ。面白い男なんだ。でも、その夢を、歯をくいしばってでも実現させようって気力がないんだ」

抱き上げたみかんに向かって言った。

無人島のほかには、「唄をつくって、それを大店《おおだな》の旦那や芸者に売って暮らす」なんてことも言っていた。

じっさい、平手は三味線も唄もうまかった。ときどき自分でつくったという唄も聞かせてくれた。

どんなのがあったっけ……。

〽月が波間に浮かんだ夜は
　舟もおまえを乗せたがる

〽星降る夜に出会ったふたり

なのにどうしてなみだ雨

そんな自作の都々逸《どどいつ》を、小鈴の目を見つめたまま唄ってくれたものだった。

「あんなやつとは付き合いきれないよ」

と、言った。涙がこぼれてきた。今宵は酒も入っていない。平手が飲んでいるのを見たら、飲みたくなくなっていた。

あのまま付き合えば、二人とも駄目になるはずだった。

「付き合って、いっしょに駄目になればよかったのかな」

それでもいいと思えるときもあった。

酔っ払って生きて、早めにこの世をおさらばする。なにも残さず、いなくなる。

そのほうがあとに心配もなく、清々する。

やっぱりそれは、できなかった。

「あたしは冷たい女なのかな」

何度もそう思ったことがある。

だが、どこかで気持ちにけじめをつけてしまった。

部屋の窓を開けた。ずっと暖かい店の中にいたし、この二階にも下のぬくまった空気が上がってきているので暑いくらいである。

さあっと冷たい風が入り込んでくる。

「みゃっ」

みかんが、閉めてよ、というように短く鳴いた。

「待って。もうすこしだけ」

と、みかんに言った。

夜空を見た。白くふくらみかけた、頭蓋骨《ずがいこつ》のような月が、空の真ん中にあった。

あたしの夢は、あのとき死んだのかもしれない。あるいは、いつの間にか盗まれてしまったのかもしれない。

「もう、心を動かされたくないんだよ」

自分のほうも、平手に言いすぎたところはあったのだろう。ほかの女ならきっと耐えつづけたに違いない。

だが、すぐ酒に逃げるあの生き方は我慢できなかった。

「喧嘩ばっかりだったからね」

浦賀でも喧嘩になった。

無人島に行く夢を語りながら、その努力はなにもしない。酒の酔いが覚めると、急に現実はそうじゃないなどと言ったりする。そんな繰り返しはまっぴらだった。

だから、怒って帰ってきた。

途中、道に迷って、農家に泊めてもらったりした。そうだ。田舎鍋のもとになった囲炉裏の鍋をごちそうになったのもあのときだった。

「あんなに喧嘩ばかりしてちゃ駄目だよね。心のどこかが石みたいになってしまったもの。やっぱり男と女は、お互いにやさしくし合わないと駄目になってしまうんだよ」

さすがに刀こそ抜かなかったが、平手からこぶしで殴られそうになったことは何度もあった。二度ほどは、頬を張られたことがあった。

そのことを恨んではいない。

朝になると、泣きながら謝ってくれた。

だが、自分がいることで、逆にあの人を甘えさせ、もっとひどくなっていくという未来がはっきり見えたのだ。

「でもね、いっしょに夢を見たのは、ほんとなんだよ、平手さん」

と、小鈴は夜の闇の中に、囁きかけるように言った。

第三章　初手柄

一

坂下町の番屋の座敷に源蔵が座っていた。

いつになく神妙な顔である。

その前に、臨時回り同心の堀田順蔵《じゅんぞう》と、定町回り同心の佐野章二郎がいる。

年寄りの番太郎二人は遠慮して、土間の隅のほうでおとなしく立っていた。

「この男が源蔵です」

と、紹介したのは、星川勢七郎である。

「どうも、お初にお目にかかります」

と、源蔵が頭を下げると、

「お初じゃねえよ。なに、しらばっくれてるんだよ。月照堂《げっしょうどう》だろ。瓦版屋の」

煙草を吹かしていた堀田順蔵は、ぽんと煙管を叩いて、にやりと笑った。

「ええ」

「何度も会ってるだろうよ。長崎屋《ながさきや》の火事の現場でも、両国の三人殺しの現場でも。おいらの話を聞いてってたぜ」

「覚えておられましたか。しつこく訊いて嫌がられたので、今日はしらばっくれようと思ってました」

そう言って、頭を掻《か》いた。

「あっはっは。瓦版屋だったら、こんなしつこくて嫌なやつはいねえが、岡っ引きになってくれたら、これほど有能なやつもそうはいねえ」

「恐れ入ります」

「この男は、瓦版で殺しの下手人を当てたことだってあるんだぜ」

と、堀田は星川と佐野を見て言った。

「ほう。そいつは知らない話ですな」

星川も目を瞠った。

「町方の恥になるから、暗黙の了解というやつで、関わった者は公言しなかったのさ。あれは芝の伊皿子《いさらこ》坂の殺しだったよな」

「そうでしたね」

と、源蔵はうなずいた。

「ちょうど祭りの準備があって、町内の者が大勢出ていたのさ。神輿《みこし》を入れていた小屋があって、そこで人が殺された。ところが、小屋に出入りしたのは殺された男だけで、あとは誰も出入りしていねえ」

「そんな馬鹿な……」

聞いていた佐野章二郎は唖然《あぜん》として堀田の顔を見た。

「いちおう、怪しいやつはいた。前の晩に喧嘩をしていた屋台の寿司屋なんだが、そいつを誰かが見ていたならともかく、誰も出入りしてねえっていうんだから、疑いのかけようもねえ」

「たしかに」

と、佐野はうなずいた。

「駆けつけたおいらたちも、皆の証言で途方に暮れたものさ。天狗《てんぐ》の殺しだと怯える小者もいたくらいだ。ところが、翌日出た瓦版に、この謎が解かれていた。小屋へ出入りするには木や石灯籠《いしどうろう》なんかのせいで、ちょうど死角になる道筋があった。人はいっぱいいたけど、その場所とは違うほぼ三カ所に固まっていて、その道筋は見えていねえのさ」

「なるほど」

と、星川はうなずいた。

「この瓦版屋は、皆が途方に暮れているそばをぐるぐる歩きまわり、その道筋を見つけやがった。おいらたちはその瓦版を読むと、慌てて伊皿子坂に駆けつけ、その日も道筋の向こうに出ていた屋台の寿司屋をしょっぴいた。こいつを問い質《ただ》すと、かんたんに白状したってわけさ。もちろん、瓦版を読んでわかったなんてことは内緒のままでな」

「ああ、あのときね」

と、星川は言った。

「おめえが定町回りからはずれたあとのことだよ」

「そういえば、堀田さんたちが微妙な顔をしていたのは思い出しました」

「そんなやつだもの、岡っ引きになるというなら、こっちは大歓迎だ。永坂の清八はあんなことになるし、茂平もあれはあれで役に立ってたからな。じゃあ、星川、十手《じって》はおいらのほうから預けるということでいいのかい？」

と、堀田順蔵は訊いた。

岡っ引きなどというのは、正式な仕事でも身分でもない。町方の同心たちが勝手に自分の使いやすい男を取り立てることができる。現に、ときどき上のほうから、岡っ引きを使うのを禁じる通達が出されたりもした。

もっとも、それで同心の仕事がうまくいくはずもなく、すぐに岡っ引きが復活してしまうというのが、お定まりのなりゆきだった。

「ええ、お願いします」

と、星川が答えた。

堀田はうなずき、持ってきていた十手を源蔵に手渡した。よく磨き込まれて光っている。

「預からせていただきます」

源蔵は、頭を下げて受け取った。

十手というのは、かなり強力な武器なのである。刀とも充分、渡り合える。鉤《かぎ》になったところで刃を受け止め、これをひねるようにすると、相手は刀を手放してしまうほどである。また、これで殴られようものなら骨折したり、頭だったら一発で気を失う。

「永坂の清八が使ってたやつだぜ」

堀田がそう言うと、

「あ、そうですか」

と、星川が嬉しそうな顔をした。

「茂平殺しの下手人はまだ上がっていねえ。それと、ここんとこ大人しくしてるが紅蜘蛛《べにぐも》小僧って盗人《ぬすっと》もまだ捕まえていねえ。この二つは引きつづき追いかけながら、日々の揉めごとに取り組んでくれ」

堀田がそう言うと、

「へい。しっかりやらせていただきます」

源蔵はすこし頬を紅潮させ、深く頭を下げた。

調理場の前の縁台に座って飲んでいた常連客に、

「佐吉《さきち》さん。なんだか、ご機嫌みたいね」

と、小鈴は声をかけた。

佐吉というのは、麻布宮村町にある植木屋で働く若い職人である。

店の前の一本松坂を上りきると、道は三方に分かれる。右手に降りていくのは暗闇坂、左手が仙台坂のほうへ高台に沿っていく道、そしてまっすぐ降りていくのが狸坂《たぬきざか》である。麻布宮村町はその狸坂を下ったところにあった。

「わかるかい？」

佐吉は二本目の銚子《ちょうし》を頼んだ。

「そりゃあ、わかるよ。お酒がおいしそうだし」

「ここんとこつづけて、思わぬいい目にあったもんだからさ」

「へえ、どんな？」

「なあに、仕事帰りに仲間と二人で、芝口橋近くの飲み屋で飲んだんだよ。いや、なに、ここよりもっとざっかけない飲み屋だったぜ」

慌てて言葉を付け加えた。ほかに贔屓の店があると思われたくなかったらしい。

「うん。変に気を使わなくていいよ」

「それで、仲間が先に帰ったあと、知らない人たちが話しかけてきたのさ。なんでも、おいらの話がすごく気に入ったというんだよ」

「話が?」

「ああ。仕事にかける情熱とか、考え方とか。それで、ぜひ、あんたに大きな仕事を頼みたいというのさ」

「へえ」

「まずは、こんなやかましい飲み屋じゃ相談もできねえんで、静かな店で飲もうってことで、ずいぶん上品な料亭に連れていかれてさ」

「ふうん」

小鈴はうなずいたが、なんとなく変な感じもする。

だが、佐吉は銚子をもう一本追加して、

「初めておいらの考えをわかってくれる人たちと出会ったよ」

しみじみと嬉しそうに言った。

「どんな考え?」

「おいらは、いい庭ってのは、どこかに荒々しさを秘めた庭だと思ってるんだよ」

「荒々しさ？」

「そう。嵐の気配、日照りの影、洪水の傷跡……そういう自然の厳しさみたいなものがどこかに窺える庭。居心地がいいだけじゃねえ。その前にいると、人は命ってなんだろうということまで考えてしまうんだ」

「へえ」

と、小鈴は感心した。若いのに仕事を突き詰めて考えている。

「でも、うちのおやじは、ちんまりまとまったおとなしい庭が好きで、そういうふうに仕上げなければならねえって思い込んでるのさ」

「だけど、荒々しさなんか出せるものなの？」

「もちろん出せるさ。それには岩の使い方と池のかたち、それと雑草みたいなやつをうまく使うんだよ。それで、その人たちにそんな考えを言ったら、もう喜んじゃってさ」

「何してる人たちなの？」

「大工たちだよ。ただ、大きな大工の棟梁《とうりょう》らしく、家一軒を建てるときは、庭からなにから、すべて一括して引き受けるらしい。それで、こう言うのさ。今度、大きな料亭を一軒、木挽町《こびき》に建てるんだそうだ。ところが、庭について、どうしたものか、ずっと悩んできたらしい」

「なるほど」

「おいらの考えを聞いたら、気に入っちゃってさ。二百坪ほどの庭をすべて面倒見てくれねえかと、こう言うのさ」

「庭だけで二百坪は凄いね」

と、小鈴は驚いた。

二百坪一面に木を植えたりしたら、鬱蒼《うっそう》とした森になってしまうではないか。

「それも親方としてだぜ」

「親方？」

「そう」

佐吉はもうなったような顔でうなずいた。

「でも、それってまずくない。いまの親方に」

「なあに、かまわねえよ。どっちにせよ、独り立ちした先輩の職人が、おいらに来いって言ってくれてるのさ。お前があの親方のところにいつまでもいたら、せっかくいいものを持ってるのに腐っちまうって」

「でも、親方と喧嘩しちゃうと大変だよ。あたしなんかも前に店の女将と喧嘩してやめたときなんか、ひどい噂をばら撒《ま》かれたりしたよ」

大店の旦那の妾《めかけ》だとか、後ろにやくざがいるだとか、嘘八百を並べ立てられたものだった。

「そうだろうな。喧嘩はしねえ。そこらはできるだけうまくやるさ」

「そうだよ」

「また、明日、今度は木挽町の料亭で打ち合わせをするんだ。そこには、料亭の旦那も来てくれるらしい」

「緊張しちゃうね」

「まあな。でも、おいらの考えを熱っぽく語ればわかってくれるはずさ」

佐吉は新しい将来が見えはじめているらしかった。

と、そこへ――。

源蔵が入ってきた。小鈴は目を瞠った。どことなく颯爽とした足取りである。もっとも瓦版屋をしていたときも、こんな感じだったのかもしれない。

帯に十手を差しているのを見て、お九とちあきが、

「え？」

と、なった。

「源蔵さん、それは？」

「まさか、岡っ引きに？」

ほかの常連たちも驚いている。

「いろいろわけがあってな。星川さんに勧められたのさ」

源蔵は、岡っ引きなんかになると皆に嫌がられるのではないかと心配していたらしく、気まずそうに言った。

「へえ。いいんじゃないの。おいらたちがなんか悪いことをやったときは、お目こぼしも頼めそうだしな」

と、佐吉が言った。

「さまになりますよ、源蔵さん」

「よっ、岡っ引き！」

お九とちあきも、別に嫌がっているようすはない。

一人、日之助だけは複雑な表情である。なるのを勧めたくせに、いざ十手を見ると、どきりとしてしまうのだ。

星川は客がいるほうではなく、調理場の隅にいた。このところ、ここで書物を読み、しばらくして剣の稽古に行くという毎日である。

その隣りに源蔵が来て、腰を下ろした。

「大変だろ？　挨拶《あいさつ》回りも」

と、星川が訊いた。

「いやあ、へとへとです。とても一日じゃ回りきれませんね」

「適当でいいんだよ」

「そうもいかないんでね。それより星川さん。さっき金杉橋近くの番屋で聞いたのですが、ひさしぶりに紅蜘蛛小僧が動いたそうですぜ」

日之助の肩がぴくりと動いた。

だが、誰もそんな小さな反応には気がつかない。

「ほう。どこに出たんだい？」

「芝の神明町の岡崎屋《おかざきや》という両替屋です」

「あそこか。両替屋もやってるが、金貸しだよ。そっちでたんまり儲《もう》けてるぜ。あるじもろくなやつじゃねえ」

と、星川は言った。

「そうなんですか」

「ああ。紅蜘蛛の野郎が狙いそうなところだ」

「たしかに、それを聞いて大喜びしている連中もいるみたいです」

「なにが盗まれたんだ？」

「茶の湯に使うらしい竹の匙《さじ》だそうです」

「竹の匙か。それも紅蜘蛛小僧らしいやな」

「ただ、利休の銘が入っているので、金にしたら何百両という代物だとか」

「そういう俗っぽいことをおちょくりてえんだろうな、紅蜘蛛小僧は」

星川がそう言うと、黙って聞いていた小鈴が、

「そうなんですよ。そこが紅蜘蛛小僧のいいところ……あら、十手を持った人の前で、そんなこと言ってはいけませんよね」

ふざけてわざとらしく、口をふさいだ。

店がはね、三人は坂下で別れた。

日之助は長屋にもどるとすぐ、火鉢の熾《お》き火をさぐり、炭を足して湯をわかそうとした。さほど腹は減っていないが、茶の一杯でも飲みたい気分である。

いざ源蔵が岡っ引きになってしまったら、なんとなく、自分だけが仲間はずれになった気がする。それもそうだろう。元町方の同心に岡っ引きと泥棒の三人組だったら、どうしたって泥棒は色が違っている。

「岡っ引きなんかやめておいたほうがいい」

あのときそう言っていたら、源蔵はならなかったかもしれない。

紅蜘蛛小僧を追いかけるというのも、岡っ引きの仕事としてとくにしっかりやるよう言われたらしい。

――いつか、源蔵に縄をかけられる日が来るのだろうか……。

岡崎屋の盗みは、いまごろになって奉行所に届け出たらしい。盗まれたのに気づいたのが遅れたのではなく、それを公表することの損得についてあれこれ考えていたのだろう。

盗まれたと明らかにせず、持ったままでいることにしたほうがいいのか。そのときは岡崎屋のことだから、贋物くらい調達するのかもしれない。

あんな竹の匙なんぞ、子どもにだってつくれるし、箱書きだってどうにでもなる。だいたいが、本物とされるものだって、怪しいのかもしれない。岡崎屋が金にあかせて買ったことで、贋物が本物になったのかもしれない。ものの価値などその程度なのだ。

さっき源蔵が言ったように、町人には岡崎屋の災難を喜ぶむきもある。そんなことをいろいろ考えたあげくに、盗まれたと世間に知られたほうが得だと判断したのだ。

銘のところを削って塩の量でもはかる匙として使おうかと思っていたが、いまはまだそのままにしてある。

もしかしたら、使い道があるかもしれない。

あいつらは日之助の実家を陥れようとしている。

それを阻止してやるのが、勘当されたとはいえ、血が通う者の仁義なのか。

日之助は、余計なことをしてしまったという気がしてきた。もともと茶の湯なんか恰好だけなのだから、匙なんか盗まれてもたいして痛くもないのである。

しかも、日之助はこれから実家がこうむるであろう災難まで知ってしまった。知らずにいたほうが、よほど気持ちは穏やかだったに違いない。

——三人のうちで、いちばん切羽詰まってきているのは、わたしなのかもしれない……。

日之助は憂鬱《ゆううつ》だった。

二

数日後——。

また、佐吉が来て、

「あのあと、二日つづけて、ごちそうになったよ」

嬉しそうに言った。

「料亭?」

「そう。あんなところには、この先、一生、入れねえと思う」

「そういうところって、料理はどういうの?」

と、小鈴は訊いた。なんとなく敵愾心《てきがいしん》みたいなものが芽生えてしまう。

「そりゃあてえしたものさ。ただ、味自体は小鈴ちゃんがつくるものだって負けちゃいねえよ」

「いいよ、無理しなくて」

「いや。無理なんかしてねえさ。ただ、見た目だとか、出すときの勿体ぶったようすだとか、そういうものは違うのさ」

「なるほど」

「部屋のつくりも豪華なもんだ」

「あ、そうだろうね」

北斎の襖絵《ふすまえ》を置いた三田古川町の料亭〈かわだ〉もそうだった。どっしりして、お城——もちろんそんなところには行ったこともないが——そんな感じさえした。

「そんなに何度も打ち合わせってするものなの?」

「いや、おいらがいままでやってきたような仕事じゃ、現場でかんたんにやるくらいだ。でも、今度のは大きな仕事だからな。いろいろ細かい打ち合わせもいるし、向こうのあるじや番頭さんなんかも来てたしね」

佐吉は誇らしげに言った。

「信頼できそうな人たちなの？」

「それはもちろんさ。身なりはいいし、態度もまるで偉ぶったりはしねえぜ。ちゃんとおいらの話を聞いてくれて、大店のあるじってえのはこういうふうなんだなと思ったよ。威張り散らすのは二流どころだな」

「そうかもね」

「おいらは運がいいんだろうな」

「よう、佐吉」

と、わきにいた源蔵が声をかけた。

「運がいいときは、その裏に悪い運もついてたりするから気をつけろよ。うまい話でだまされてるってことはねえのか？」

「おいらをだましてなにを奪うってんですか？　財産もなにもねえ。あるのは一生懸命働こうって気持ちだけですぜ」

「そりゃそうか」

源蔵だけでなく、周りにいた客も皆、笑った。


そこへ、湯屋のお九とちあきがやって来て、

「信じられない」

「ほんと、馬鹿みたいね」

座るとすぐに文句を言いはじめた。この二人、立場上は湯屋の若女将と使用人なのだが、なんだか姉妹のような仲になってきている。

「どうしたの？」

と、小鈴が訊いた。

「森田国弥《もりたくにや》だよ」

「かわいそうなんだよ」

小鈴はきょとんとなったが、

「森田？　かわいそう？　誰、それ？」

と、常連で心配性の提灯屋が訊いた。

「え、いまどき森田国弥を知らないの？」

お九が呆れ、

「そんなんじゃ提灯も売れなくなるよ」

ちあきがからかうように言った。

「ま、名前からすると、歌舞伎役者だろ」

「そう、最近、ぐんぐんのしてきている若手。まあ、二十代後半の役者ではぴか一ね」

「荒事もうまいし、女形《おやま》もいいの」

「しかも、小さな滑稽《こっけい》な役をやっても輝くんだよね」

「そう。お九さん。あのハゲおやじの役をやったの、見た？」

と、ちあきが訊いた。

「もちろん、見たわよ。あたしは、天竺徳兵衛《てんじくとくべえ》でイモ虫の役をやってたのも見てるんだからね」

「え、それ、知らない」

「上手だったよ。這《は》うところなんか。それもなんかイモ虫が必死で逃げる感じまで出てて、あたしは天竺徳兵衛の啖呵《たんか》そっちのけで、国弥のイモ虫を見てたんだから」

「すごい。そこまで早く目をつけてたんですか」

すっかり二人だけでわかる話になってしまっている。

小鈴は口をはさみようもない。

なんせここに来るまで芝居などを観《み》る余裕はまったくなかった。食べるのに精一杯だった。

ただ、こんな仕事をするからには、世の中の流行《はや》り廃《すた》りも多少は知っておいたほうがいい。客と気楽な会話もできるようになる。

幸い、いままででは考えられないようなお給金ももらえるようになった。そのうち観にいってみるのもいいかもしれない。

「それでその国弥がどうしたんだよ？」

と、提灯屋が訊いた。

「正月興行で曽我《そが》五郎《ごろう》をやるはずだったのよ」

曽我五郎といえば、五郎十郎《じゅうろう》の仇討《あだう》ち。主役を張るというのはたいしたものである。

「ついこのあいだまでイモ虫の役をしていた役者が、曽我五郎だよ。どれだけ凄い出世かわかるでしょ？」

と、ちあきは提灯屋に言った。

「そりゃあ、まあ」

「ふつう、イモ虫役なんかやったら、なかなか上には行けないよ。せいぜい台詞一つの斬られ役くらい。でも、国弥は這い上がった。その根性だけでも称賛に値するわよねえ」

お九はそう言っただけで泣きそうになった。

「ほら、お九さん。国弥は去年の正月ごろは大坂に行ってたじゃない？　あれって、いま思えばいい勉強になったのかもね」

と、ちあきが言った。

「ああ、そうだね。あれからどことなく洒脱《しゃだつ》な感じが出てきたかもね」

「楽しみにしてたんだよね。やっとつかんだ大役だよ。これでいっきに羽ばたこうってぃう機会を得たのに、ほかの人に替えられてしまうなんてどうなってるんだろう」

　ちあきはぷっとふくれた。

「しかも、替わりは森田宋四郎《そうしろう》だと」

「宋四郎の五郎は勘弁だよ」

「宋四郎って台詞言ってるとき、よく唾《つば》が飛ぶんだよ」

「そうそう」

「あれがなんか品のない感じがするんだよね」

「あ、お九さんもそうなの。あたしもだよ」

「あーあ、もう正月の楽しみは消えたね」

「こうなりゃヤケ酒、ヤケ食いだね」

　二人はそこからしばらく、歌舞伎界の大御所たちの悪口を言いまくった。

三

源蔵が麻布の町を歩いていた。

一ノ橋あたりである。橋の下は河岸《かし》になっていて、荷揚げの舟がいっぱいとまっている。薪炭を積んだ舟が多い。

橋の上もにぎわっている。ここらは麻布界隈《かいわい》でいちばん人の多いところである。

源蔵は、その橋の上をゆっくり歩いた。

この数日、自分がどこか上っ調子になっているのは感じていた。今日あたりはやっと落ち着いてきた気はするが、それでも瓦版屋の気持ちで歩いていたときとは、やはりなにか違う気がする。

瓦版屋のときはなんか面白えことはねえか、ネタにしてふくらませられる話はねえものかと、目を光らせていた。

いまは違う。怪しい顔つきやそぶりの奴はいないか。暗がりのような場所はないか。そんなふうに見渡している。

目立つものより、目立たないものに目を向けていた。

橋の向こうのほうが騒がしいのに気づいた。

有馬《ありま》さまのお屋敷あたりである。敷地の端に水天宮が祀《まつ》られ、ここは町人たちのあいだでも信仰を集めている、ちょうどそのへんである。

「おう、どうした？」

そっちから逃げてきた若い娘に声をかけた。

「刃物を持って、暴れている人が」

「なんだって」

十手の使い方も身につかないうちに、とんだ騒ぎである。

一瞬、臆《おく》したが、岡っ引きが近くにいて、駆けつけないわけにはいかない。

仕方なく、声がするほうに十手をかざして走った。

「なんだ、なんだ」

「あ、御用聞きの親分だ」

こっちに向かって逃げてくる男がいる。なよっとした感じの男である。

「親分、助けて」

両手をひらひらさせるようにして、こっちにすがってくる。

「おれに摑《つか》まるな。どけ」

逃げてくる男に怒鳴った。

後ろから男が追ってきている。悲鳴のような声を上げながら、包丁を闇雲に振り回している。こういうやつには、本当は近づきたくない。

「邪魔しないでください。お願いします」

包丁をかざしながら男は言った。逃げてきたほうは、源蔵の背後に回っている。

「そうはいくか」

「恨みがあるんです」

「じゃあ、話を聞くから包丁を捨てろ」

「話したっていまさら無駄なんです」

それではどうしようもない。

十手を両手で構え、じりじりとにじり寄った。

男はぼんやりした顔になって立ちつくしている。

ただ持っただけの包丁に十手を叩きつけた。

キーン。

と音がして、包丁ははじけ飛んだ。

「おとなしくしろ」

言いながら、首ねっこをつかむように、地面に押し倒した。

すると、逃げてきた男が急にいきり立ち、

「この野郎。国弥、てめえ、ふざけやがって」

襲ってきた男を蹴りはじめた。安心したら、今度は怒りと屈辱がこみ上げてきたのだ。

「やめろ。誰か、こいつを止めろ」

誰も止める者がいない。仕方なく、一発、頬を張って、やめさせた。

そこにやっと番屋から番太郎がやって来た。大げさな刺叉《さすまた》を持っているが、なにせ七十近い年寄りで、とても役に立ちそうもない。

まずは坂下町の番屋に連れていくことにした。

野次馬たちの声が耳に入ってくる。

「あれ、森田国弥じゃねえか」

「そうだよ、こっちは森田宋四郎だ」

歌舞伎役者らしい。

「おめえは、そっちの番屋に待機してくれ」

と、源蔵は逃げてきた男に向かって飯倉新町の番屋を指差した。いっしょにしておいたら、うるさくて尋問もできないだろうと、源蔵の咄嗟《とっさ》の判断だった。

「おう、入んな」

暴れていた男を坂下町の番屋の中に入れ、障子を閉めた。

「奉行所には報《しら》せたかい？」

と、源蔵は番太郎の爺さんに訊いた。

「ええ、いま、町役人さんが」

奉行所の連中が来るまで、ここで待つことにする。

いちおう後ろ手に縛ったが、結び方も適当である。自分もまだ、興奮しているのか、気がつくと贈答品のような蝶々結《ちょうちょうむす》びになっていた。

「森田国弥っていうのかい？」

源蔵はうなだれていた若い男に訊いた。

「はい」

「歌舞伎役者なんだってな？」

「でも、もう終わりです」

森田国弥は大きくため息をついた。

「あいつは兄弟子なのかい？」

「ええ。苛《いじ》められてばかりでしたが」

話しているうち、

——ん？

なにか、気になることが出てきた。

それがなんなのか、自分でもまったく思い出せないのだった。


源蔵は一度、坂上の飲み屋にもどってきた。番屋には佐野章二郎が小者三人とともに駆けつけてきて、尋問を始めていた。

だが、あいにく岡っ引きの仕事は、それで終わりとはならない。いろいろ同心を手助けしなければならない。店が混み出す前に、なにか食わせてもらい、また引き返すつもりである。

店にはもう客が来ていた。

「あ、源蔵さん」

お九とちあきである。湯屋の仕事は朝が早い。女二人は早朝からの当番なので、いまごろはもう遅番の者と替わっているのだ。

「森田国弥が、宋四郎を刺したんですって?」

もう坂の上まで噂は届いていたらしい。ただし、正確ではない。

「刺したことになってるのかい?」

「うん。違うの?」

「違う」

「なにがあったの?」

「教えてよ、源蔵さん」

「それより、おれは飯だ」

と、小鈴を見た。

「源蔵さん、急いでる?」

「すぐにもどらなくちゃならねえ」

「わかった」

小鈴はうなずいて、周りを見た。手早くできて、精のつくもの。

飯はちょうど炊きたてである。肴に玉子焼きをつくろうと思っていたので、玉子を仕入れている。

玉子は高級品である。大名の付け届けにも用いられるほどで、町で買ったら一個十文から二十文（およそ二百円から四百円）ほどする。ただ、小鈴は下渋谷村の農家から売りに来るおばちゃんから、一個六文で仕入れることにしていた。

小鈴は玉子かけご飯が大好きである。贅沢品だが、それでもときどき食べてしまう。疲れたときの回復力で、滋養たっぷりであることも実感している。

その玉子かけご飯を食べさせてあげようと思った。

水気を絞った大根の葉の漬物を細かく刻んだ。

これを納豆とほぼ同量で混ぜ合わせた。しょう油とネギもすこし入れた。

どんぶりに炊きたてのご飯をよそった。いい具合に炊けている。大きい釜にした甲斐《かい》がある。

そのご飯の真ん中に穴を開け、穴を囲むように、大根の葉と混ぜた納豆を置いた。

玉子を一個割って、出汁《だし》としょう油をたらしてよく溶いた。これをご飯の真ん中の穴に注《そそ》ぐ。

そして玉子をもう一個割り、黄身だけを取り出して穴の上にそっと載せる。

これでできあがり。手際のいい小鈴だからあっという間である。

「はい。源蔵さん。適当にかきまぜながら食べて」

源蔵は見た目に感心したらしく、

「ほう」

と、驚いたような声を上げた。

言われたとおり、端からかきまぜながら食べた。

「なんだ、これは。小鈴ちゃん、むちゃくちゃうまいよ」

「ありがとうございます」

「これ、客にも出そうよ。玉子二個使ってんだろ。五十文はもらってもいい。これこそ名前は小鈴丼でどうだい？」

「考えときます」

と、小鈴は笑った。

「ねえ、ねえ、源蔵さん」

お九がすり寄ってくる。なにかにとり憑《つ》かれたような顔をしている。

「いま、飯食ってんだろ」

「そんなことはいいから」

「なにがいいんだよ」

「ね、宋四郎は死んだの?」

「死んでねえよ」

「国弥に怪我は?」

「怪我もしてねえ」

源蔵はたちまち飯を食い終え、

「お前たちになんでもかんでも話すわけにはいかねえんだよ」

と、手で払うようにした。

瓦版屋をしていたら、尾ひれをたっぷりつけてしゃべってやっただろう。読む者が面白がるかどうか、この娘たちで試すことにもなるのだ。だが、いまはそうもいかない。

「冷たいな」

「そうだよ。どうせ、明日には皆、筒抜けだよ」

非難を背に、源蔵は店を出ようとした。

ちょうど佐吉が冴《さ》えない顔で入ってきた。

「どうした？」

「変なんですよ。約束の場所にいくら待っても来ないんです。おかしいなあ」

佐吉の話を聞いている暇などない。

だが、源蔵はふと立ち止まった。

――あれ？

大事なものが風呂敷に包まれて、すぐ目の前にある感じがした。


星川勢七郎は、今日も賢長寺の墓場にやって来た。

師走の夜寒は厳しく、ましてや墓石の群れを抜けてくる風が、悽愴苛烈《せいそうかれつ》の気配をただよわせていた。

ただし、星川はそんな周囲の雰囲気などまるで眼中にはない。むしろ、一人で興奮さえしている。

昨夜、剣さばきのことで、ちょっとした思いつきみたいなものがあった。一晩寝るうちに、それが大きな実りをもたらしてくれるように思えてきたのである。

自分の身体は意外に柔らかい。

まず、そのことに気づいた。

とくに背が大きく湾曲する。身体全体が弓みたいに、背後に反《そ》るのである。

このとき、足腰がしっかりしていなければ、後ろにひっくり返ることになる。だが、足腰は衰えていない。

これがどういうことかというと、相手の剣をのけぞるかたちで、三寸（約九センチ）分ほどかわすことができるのである。相手は、こちらの立ち位置から、目測を誤る。思ったよりも三寸ほど、後ろに逃げてしまうのだ。

斬り合いのときの三寸は大きい。肉を断ったつもりが、かすりもしない。骨まで斬ったつもりがかすり傷。

この動きで敵を幻惑させておいたうえで、踏み込んできた敵を鋭く突く。剣を振り切った、空振りして体が崩れたところの突き。

腕をすこしでいい。できれば、二度くらい突きたい。腕の傷は、たとえ小さなものでも、徐々に大きな損傷となる。

今宵は敵の動きまでちゃんと想定しながら剣を遣うことにした。

正眼に構える。

突くのが狙いだから、この構えは崩せない。

敵が斬りかかってくる。

受けると見せかけて、受けずに身体を反らして避ける。眼前を刃がよぎる。

敵の剣が流れる。そのわきから突く。腕を鋭く、二度突く。

小さな動きである。ほとんど疲れることもない。

だが、相手は痛みも覚える。血も流れる。うまくすれば、筋の一本も断ったかもしれない。

さぞや嫌な剣だろう。

敵は苛立《いらだ》ち、体力よりも先にまずは冷静さから失われていく。

――これは使える。

星川は手ごたえを感じた。

四

森田国弥の取り調べがおこなわれている。

臨時回り同心の堀田順蔵もやって来て、茶をすすりながら、佐野章二郎の尋問するようすを眺めていた。

森田宋四郎はたいした怪我ではなかった。背中の着物が斬られ、ほんの一筋、血がにじんでいた。芒《すすき》の原をかきわけて歩いても、あれくらいの傷はつく。手当もとくにいらず、すでに家にもどっていた。

「あいつ、絶対、なにかしたんです」

髷《まげ》のわきのあたりをかきむしるようにして国弥は言った。

「なにをだよ?」

と、佐野がつまらなそうに訊いた。

「わたしが役を降ろされたのは、あいつが座元によほどひどい密告をしたんです」

「森田座の座元といったら、いまは河原崎長十郎《かわらざきちょうじゅうろう》だろ?」

「ええ」

「人格者で知られる人だぜ。そんな密告くらいで役を替えたりはしねえだろ」

「そうは思いますが、だが、座元が急にあんなことをするなんて、ほかに理由は考えられません」

「芸の差とは思いたくねえのかい？」

と、後ろから堀田が訊いた。

「宋四郎兄さんと、わたしの芸の差ですか？」

「そうだよ」

「………」

国弥は答えない。だが、こぶしを握りしめ、窓のあたりを見つめ、涙をぼたぼたと垂らした。あまりの悔しさに声すら失《な》くしたといったふうである。

湯屋のお九とちあきが国弥の芸熱心なことや、宋四郎の芸風についても話していた。娘ッ子たちの見る目に間違いはないのだ。あの連中は通だの見巧者《みごうしゃ》だのよりずっと鋭く、役者の旬とけなげさを見抜いてしまう。

「おめえ、正真正銘の江戸っ子か？」

と、源蔵が国弥に訊いた。

「いえ。八つくらいまで常州で生まれ育ち、養子にもらわれてきました」

「やっぱりな」

源蔵がうなずくと、

「そんなこと、何か関係あんのかい？」

と、堀田が不思議そうに訊いた。

「ええ。じつはね……」

と、国弥には聞こえないよう部屋の隅に寄り、堀田にはかんたんに事情を話した。

「そいつは面白えな」

「ちっと確かめてきます」

「ああ。間違いなかったら、すぐに木挽町に行こうぜ」

堀田は嬉しそうに言った。

「待ってな。やったことは事実だからどうしようもねえが、おめえの名誉くれえは回復させてやれるかもしれねえ」

源蔵は国弥にそう言って、番屋を出た。

店にもどると、まだ佐吉は飲んでいた。

平手造酒もいて、

「あんた、岡っ引きになったんだって」

と、源蔵に声をかけてきた。

「ええ。お祝いはあとでゆっくり聞かせてもらいますぜ」

「祝いなんか言うもんか」

佐吉が飲んでいるところに行った。

「ちっと訊きてえことができちまった」

「なんでしょう?」

「おめえ、生まれはどこだ?」

「へえ、常州の在で生まれ、十のときに江戸の親戚に弟子入りしてきたんですが、そこは十五のときに飛び出して」

「そんなことまではいいんだ。それより、見知らぬ連中にごちそうしてもらったとか言ってたな」

「ええ。でも、口だけで、いい加減なやつらだってわかりましたよ。もっとも、こっちはうまいものと酒をごちそうになったんで、損はしてねえんですが」

「そのとき、どんな話をした？」

「いろいろです。庭の話とか」

「誰かの悪口は言わなかったかい？」

「酒も入ったんで、ちっとうちのおやじの悪口も言いすぎたかもしれません」

「どんなふうに？」

「あのおやじは、弟子の気持ちなんざこれっぱかりも考えちゃいねえ。頭が固くて、ただ、ひたすら習ったことを守るってだけ。あんなんじゃ進歩ってものもありゃしねえよ……あ、また、やっちゃった」

「いつも、言ってることだな」

仲間と来たときは、かならずそんな話になっていた。

「でも、相手の訊き方がうまいんで、ほとんど罵倒したみたいになっちまいました」

「そこに案内してもらえねえか？」

「え」

「その料亭だよ」

「いまからですか？」

「そうだ。おめえの話で、森田国弥の罪がずいぶん軽くなるかもしれねえんだ」

これを聞くと、お九とちあきが、

「佐吉さん。断わったら、この店にはもう来られないと思ってね」

森田座の座元は、河原崎座の座元である河原崎長十郎が引き受けていた。森田座は経営が破綻《はたん》したとのことだった。

正月興行もこの座元が仕切る。

その河原崎長十郎を堀田順蔵が訪ねて、木挽町にある料亭〈清水《しみず》〉に来てもらった。

源蔵が挨拶すると、

「どこかでお目にかかってますかな？」

と、長十郎は訊いた。

「そうでしたっけ？」

　とぼけたが、じつは会ったことがある。瓦版のネタにするので、話を聞いたのだ。新しい芝居をかけるので、向こうも宣伝して欲しかったらしく、めずらしく森田座のほうから声をかけてきたのだった。

「ずっと町方のほうを？」

　長十郎はさらに訊いた。

「いや、岡っ引きになったのはつい最近でして」

「その前は瓦版屋をなさっていなかったですか？」

　やはり隠しようがなかった。

「やってました」

「月照堂さんだね。あたしゃ、あんたの瓦版が好きだったのに、近ごろ出ないからどうしたのかなと思ってたんだよ」

「そいつはどうも」

「反骨の魂が感じられた」

「…………」

「下の者の本心を、皮肉たっぷりにお上にぶつけていた。ありゃあ、たいした芸だった。あたしはあんたの瓦版を若い連中に見せて、この芸を見倣えと説教したこともあったくらいだ」

「……………」

「まさか、悶っ引きにね」

長十郎は落胆をにじませた。

「うっ」

痛いところを突かれた。

「ま、人それぞれ、いろんな事情があるからね」

「そういうことで」

「それはともかく、うちの国弥がご迷惑をかけたみたいで」

と、長十郎は頭を下げた。

「それについてなんですが、長十郎さんは五日ほど前の夜も、この店に来ましたよね」

「ええ。来てました」

「そのとき、こんな話を小耳にはさんだのでしたね」

源蔵がそう言うと、隣りの部屋から声が聞こえてきた。

「おやじはもう終わりです。弟子の気持ちなんざ、これっぱかりも考えちゃいねえんですから」

「そんなことは言ってはいけませんよ」

と、誰かがなだめた。

「ほんとは誰かが言わなければいけねえのさ。誰も言わねえから、あそこまでわけがわからなくなっちまったんだ」

この声を聞いて、長十郎は蒼《あお》ざめた。

「えっ」

「そっくりでしょう」

「国弥がいるのか?」

「違うんです。いまの声は、この男の声だったんですよ」

と、障子戸を開けた。

佐吉が長十郎に顔を向け、

「うちのおやじは頑固者でどうしようもねえ」

　さっきの声のまま言った。

「芝居のときは、ちっと声を張り上げるようにするから、役者の地声を知っている人はそう多くはいねえ。でも、この佐吉ってのは、森田国弥の地声とそっくりでしょう?」

「ああ。言葉の抑揚もな」

「そうなんです。国弥も八つのときまで常州にいた。この佐吉も十のときに、常州から江戸に出てきたんです」

「おやじは、あたしのことじゃなかったんだね」

　と、長十郎はうなずいた。

「この男は植木屋をしてましてね、おやじと言っているのは、植木屋の親方のことなんですよ」

「なるほど」

「でも、佐吉の話を聞いていたのも森田座の役者だから、話しているのはてっきり森田国弥、おやじは河原崎さん、あんたのことだと思ってしまったんですよね」

「宋四郎の小芝居か」

「国弥が包丁を持って追いかけまわしたのはやってはいけねえことでしたが、あいつが今度の役に込めていた情熱などを思ったら、本当のことくれえは明らかにしてやりてえと思いました」

と、源蔵が言うと、

「ありがとうございます」

長十郎は深々と頭を下げた。

五

それから三日ほどして——。

小鈴の店がはねるころになって、源蔵が外回りから店に帰ってきた。

「また、森田国弥が曽我五郎の役をやることになったそうだな」

と、星川が言った。

「え、もう知ってるんですか？　早いですね」

源蔵もさっき聞いたばかりである。坂下町の番屋には、河原崎長十郎から源蔵に世話になったとのことで下《くだ》り物《もの》の酒樽《さかだる》が届いていた。国弥が役に返り咲いたことは、短い書状に記してあった。その最後には、「岡っ引きになっても下の者の気持ちは知っていてくださるようですな」とあったのには胸が詰まった。

「あの娘ッ子たちが、さっそく聞きつけてきたのさ」

と、星川は奥のほうにいるお九とちあきを指差した。

「まったく娘ッ子どもの噂は早馬並みですな」

森田座の前に貼られた看板でも見たのだろう。それを娘たちはただちに、同好の仲間たちに伝える。いったい一人は何人に話すのか、その伝播《でんぱ》力ときたら、下手したら早馬よりも速い。

「それにしても、よくもうまく元の鞘《さや》におさまったたな」

「ええ。かすり傷だったたし、国弥の気持ちもわかるし、ここは穏便に済まそうということでね。座元だけでなく、堀田さんもいろいろ話をつけてくれたようですぜ」

「堀田さんがな」

お九とちあきは、源蔵がいるのに気づいて、手を振っている。

「源蔵親分」

「親分かい」

「そうですよ。町中の評判ですよ。森田国弥が源蔵親分に助けられたって。初手柄ですね」

「あんなもの、手柄なんかじゃねえだろうよ」

「手柄ですよ」

「ほんと。源蔵親分、素敵ぃ」

お九とちあきがやけに愛想のいい笑顔を送って寄こした。

「これが瓦版屋だったら、がんがん大っぴらにして、瓦版を売りまくったんですがね。また、この話だったら、軽く五百は売って大儲けですよ」

と、源蔵は星川に言った。

「ああ、売れただろうな」

星川はうなずいた。月照堂の瓦版は何度か読んだことがある。どこぞの店をおちょくったような記事に爆笑した覚えもある。

「それが岡っ引きへと立場が変わったら、できるだけ穏便にときた。まったく人間てえのはいい加減なもんですねえ」

「そういうもんかもしれねえな」

星川だって、少し前に押し込みを見逃そうとしたことがある。スリや万引きなどケチな罪ではない。押し込みである。同心のころには、そんなことは絶対に考えなかった。

そこへ戸が開いた。

買い物で出ていた日之助がネギの束を抱えてもどってきた。

「星川さん。ちっと」

戸口のほうに呼んだ。

「どうした？」

「さっき、坂を上がってくるときに見たんですが、ここを下ったところの二階建ての家に、浪人者の二人連れが入っていきましてね」

「ほう」

「あれは怪しいです。また、ここを見張るつもりかもしれませんよ」

「小鈴ちゃんが心配だな」

「ええ」

「どうかしましたか？」

と、源蔵もそばに来た。


「という訳なんだよ、小鈴ちゃん」

日之助が小鈴に説明した。

この店の付け火に関わったらしい謎の武士たちが二人、いまもこの店を見張っているらしいということ。そいつらの正体はまったくわかっておらず、手の打ちようもないままで来たこと。

客はもう誰もいなくなっていたが、それでも日之助は小さな声で語り終えた。

「はい。だいたい、そんなところだろうとは思ってました」

「だから、また、なにが起きるかわからないのさ」

「恐いですが、しょうがないですよね」

諦め、居直ったような口ぶりで小鈴は言った。

「いや、しょうがないでは済まねえ。もし、小鈴ちゃんになにかあったら、おいらはあの世に行ったとき、おこうさんに顔向けできなくなっちまうんだ」

と、星川が言った。

「それほどでもないと思いますよ」

小鈴はさっぱりした口調で言った。

「いや、駄目だ。ついては、しばらくのあいだだけでも、おいらたちを下に泊めさせてもらいてえのさ。もちろん、二階には行かねえ。これは絶対に守るよ」

「あたしだって、自分の身くらい守れますよ」

「そんな馬鹿な」

源蔵が笑った。

「これを見てください」

小鈴は火吹き竹として使っていた筒を手にした。

これに三角のかたちをしたものを入れ、ぷっと吹いた。

飛び出したものは、店の入り口のかんぬきに突き刺さった。

「まぐれじゃありませんよ。かんぬきを狙いました」

「ほう。それはどうしたんだい？」

と、星川が訊いた。

「昔、母が女も身を守るすべくらいは心得ていたほうがいいと、教えてくれたんです」

と、ふたたび吹き矢の腕を見せた。

「おこうさんが？」

「はい。母は百発百中でしたよ」

「へえ」

星川は嬉しそうな顔をした。

惜しむらくは生きているうちに見せて欲しかった。

まったくあの人は、面白いところや意外なところをまだまだ隠し持っていたくせに、ちっとも見せてくれないうち、さっさとあの世に行ってしまったのだ。

「でもよ、たしかにそれもいざというときは役に立つかもしれねえよ。だが、あの連中は相当に腕の立つ奴らなんだ。おこうさんだって、そんな腕がありながら、命を落とす羽目になったんだぜ。なにが起きるかわからないんだ。だから、頼むよ」

　星川が頭を下げた。

「わかりました」

　小鈴が認め、三人が交代で泊まり込むことになった。

「それにしても、源蔵さんだって、命を狙われてるんでしょ。平手さんに聞きましたよ。それどころじゃないんじゃないの？」

　と、小鈴が源蔵に言った。

「そうなんだ。それもあって、岡っ引きになったんだがね」

「それでだったんですか」

　小鈴はようやく納得した。

「そういえば、あの森田国弥ですがね、去年、大坂に行ったとき、ちょうど大塩平八郎の騒ぎに遭遇したんだそうです」

「へえ」

「それはまた」

　源蔵の話に星川と日之助は驚いた。

だが、それよりも驚いたのは小鈴だった。

「源蔵さん。いま、なんという名前を？」

と、かすれた声で訊いた。

「え、大塩平八郎かい？」

「その人、この前、ここに……」

小鈴がそう言うと、三人は互いに顔を見合わせた。

「嘘だろ」

「小鈴ちゃん。詳しく言ってくれ」

と、源蔵がうながした。

「父のことと関わるような話だったので言ってなかったのですが、このあいだ、ここを訪ねてきた男がいたのです。あたしは戸を開けませんでした」

「それはよかったよ」

「その男は、障子越しに、戸田吟斎はいますかと訊きました。戸田吟斎というのは、父の名なんです」

「それで？」

「いないと答えました。すると、もしあたしが父に会うことがあれば伝えて欲しいと」

「なんて?」

「大塩平八郎は生きていますと」

「なんてこった」

三人は愕然《がくぜん》としている。

「林さんが、大塩平八郎という人は秩序を転覆させようとしたと言ってましたが、本当なんですか?」

と、小鈴は訊いた。

「大坂で謀反《むほん》を起こしたのは間違いねえらしいな」

源蔵が言った。

「やはりそうですか」

「それも半端なもんじゃねえ。国弥によると、大塩の軍は総勢七、八百人にもなっていたらしいんです。それが、大店に大砲を打ち込みながら、奉行所に向かって行進したそうです」

源蔵は星川を見て言った。

「大砲……」

「これで、大坂の町のほぼ五分の一は焼失したそうです」

「そうだったのか」

「だが、幕府軍と交戦すると、さすがに多勢に押され、大塩軍は敗退した。あげく大塩は逃亡し、隠れていたが、ついに密告があって周囲を取り巻かれ、そこで大塩は爆死したのだそうです」

と、源蔵は語った。

「それほどの乱だったのか。そりゃあ、大砲までぶっ放していたら、立派ないくさだぜ。大坂でいくさがあったんだな。おいらも、奉行所にいながら、そこまでのものとは思わなかったぜ」

星川は悔しそうに言った。

「大塩は爆死したのでしょう?」

と、日之助が訊いた。

「遺体は塩漬けにされたのさ。それから一年後に、ほかの首謀者たちといっしょにはりつけの刑に処せられた。ま、これはそれほど珍しくもねえことだ」

星川が答えた。

「このあいだ、林さんが大塩ははりつけになったと言ったのは、そういうことだったんですね」

小鈴がつぶやくように言った。

「だが、大塩は死んでいない？」

日之助が星川に訊いた。

「小鈴ちゃんのところに来た男が本物なら、そういうことだわな」

星川は大きく息を吐いた。

「その大塩平八郎が小鈴ちゃんの父親と知り合いだった？」

日之助は啞然とした顔で小鈴に訊いた。

「そうみたいです」

「そして、おこうさんとも？」

「母も知っているみたいでした」

「凄いことになってきたぜ」

星川は天井のあたりを見た。

「もしかしたら、おこうさんが命を落としたのも、大塩平八郎と関わっていたからだった……？」

想像を超えたことが起きているのかもしれなかった。


大塩平八郎は、ふと目を覚ました。

屋根裏部屋だが、粗末なつくりではない。敷かれた布団も綿のたっぷり入った暖かなものである。

枕元の火打ち石を叩いて、ひょうそくの火を点《とも》した。ぼんやり明るくなった。ろうそくも用意されてあるが、そこまでの明かりはいらない。

ほかには誰もいない。大塩が一人だけで寝ている。ここのあるじによれば、あと十日もすれば、懐かしい面々が集まるはずだという。

布団の上に起き直り、水差しの水をそのままごくごくと飲みほした。身体が火照《ほて》り、寝汗をたっぷりかいたらしい。喉《のど》が渇いていた。

眠りについてからまだ一刻ほどしか経っていないのではないか。まだまだ夜が白む気配はない。

あれ以来、夜、寝ている時間がずいぶん少なくなっている。眠れなくて苦しいわけではない。せいぜい二刻も寝たら、充分、寝足りているのである。

――身体が変わったのだ。

それは実感だった。乱に失敗して以来、自分の身体がどんどん変わっている。じつに不思議だった。自分ではなくなりつつあるのか？　そう思うと、かすかな恐怖すら覚えるほどだった。

あれほど悩まされていた胃痛が無くなっていた。以前は空腹になるときりきりという激しい胃の痛みに襲われ、夜中など七転八倒したくらいだった。それはもう、まったく無くなったのだ。

当然、飯がうまい。大食漢にはなりたくないと思っているが、それでも食が進む。朝から三杯もおかわりしたりする。以前は考えられないことだった。

身体の肉づきもよくなっていた。しかも、食いすぎてぶよぶよと肥えているのではない。締まった、力を発揮できる固い肉がついてきているのだ。たしかに気をつけて身体を動かすようにはしているのだが、まるで十七、八の若いときにもどったようで奇妙である。

髭《ひげ》や手足の毛が濃くなったのも半年ほど前に気づいた。気のせいかと思っていたが、胸の真ん中あたりに脛毛《すねげ》ほどの毛が生えそろっているのを見て、間違いないと実感した。

だが、なによりも不思議なのは、自分がいつの間にか左利きになっていたことだった。

生まれてこの方、ずっと右利きだった。それなのに気がつくとまず、左手を動かしているのである。箸《はし》もそうだった。習慣だから右に箸を持って食べていると、左手を使いたがっている。使ってみたら、ちゃんとできるではないか。

右手が利かなくなっているのではない。左手のほうがそれにもましてよく動かせるようになっていたのだ。

そのため、いまは自然に左手のほうを動かすようになっている。

――身体が違う自分になろうとしているのではないか。

そうとしか考えられなかった。

なにか強烈な体験をした者は、考え方などががらっと変わってしまうというのは聞いたことがある。

釣りをしているときに海に落ち、沖まで流され、板切れ一枚に摑まって、十日も海上を漂ったという人の話を聞いたことがあった。雨水を直接、口で飲み、トビウオの群れに入ったとき、手摑みした魚をむさぼり食ったという。

助けられたあと、

「いろんなことがどうでもよくなりました」

と、その人は言った。

「どうでもよい？」

大塩は訊いた。

「ええ。日々の細かなことがです。そのかわり、自分にしかできないことを精一杯やろうと思いました」

その人は薬屋をしていたが、あらゆる文献をあさって、よく効く痛みどめをつくる研究に没頭したのだった。

災難ではないが、富士の頂上に登って、月や星、そして朝陽が昇るのを見た人も、以来、人生観は一変したと語った。

「神を感じました」

と、言った。

「仏ではなく、神ですか？」

そう大塩が訊くと、一瞬、言葉が途切れ、

「それはどっちかわかりません。だが、なにか途方もなく大きなものの存在を実感しました。以来、わたし自身が明らかに変わりました。頭のこのあたりが違う人間になった気がします」

その人はそう言って、穏やかな笑みを浮かべたものだった。

——そういうものが、自分にも訪れているのだろうか。

ただ、大塩を変えたのは、大自然ではなかった。

それは大坂での戦闘だった。当初、率いた兵は、およそ八十人ほどだった。もしかしたら、魚河岸の喧嘩騒ぎくらいのことしかできないのではないか、という思いもあった。

先頭には『救民』と書かれた旗がひるがえり、倅《せがれ》の格之助《かくのすけ》がそこで指揮を取った。

大塩自身は中ほどにいて、戦闘のようすを見ながら命を発した。

武器は多彩だったが、いちばん破壊力が凄《すさ》まじかったのは、三門を用意した大砲だった。

これはむやみやたらとぶっ放したわけではなかった。至近距離で撃った。

まず、攻撃目標としたのは、天満の奉行所の組屋敷だった。この屋敷の門や塀にすぐ近くから弾を発射した。百匁《もんめ》の鉛弾の威力は想像以上だった。頑丈なはずの門も、これでたやすく破壊できた。眼前で発射される大砲の音は、鼓膜も破れそうだった。

大砲のほかにも火矢が打ち込まれ、また焙烙《ほうろく》玉もずいぶん投げ込んだ。焙烙玉は陶器に火薬を詰めて、導火線をつけた武器である。音はさほどでもないが、狙った建物は次々に炎上していった。

煙で目が痛み、激しく咳《せ》き込んだりもした。だが、大塩は身体に疲れを感じなかった。むしろ、身体は軽く、無限の力が湧《わ》き出てきているように思えた。

天満を焼きつくし、次に大塩たちは豪商の店が立ち並ぶ船場へと向かった。八十人ほどの軍勢が、次第に数を増し、七、八百名にも達していた。武器もない民の参加に対して、大塩たちは準備しておいた槍《やり》や刀を預けた。

ここ船場でも間口十数間という大店に大砲を向け、昨日まで大勢の客でにぎわった店を破壊し、焼いた。

気がつくと、大坂の町は火の海だった。黒煙が空を覆い、炎が竜のように荒れ狂った。見たこともない、この世の終わりのような光景だった。

——これは本当にわたしがしていることなのか。

思わず自分の手を見ていた。とても自分がしていることとは思えなかった。

それから、どこか上空のほうから、自分がしていることを見ているような、そういう感覚も味わっていたのだった……。

「あのときから、わたしは生まれ変わったのかもしれない」

と、大塩平八郎はつぶやいた。いささか薄気味の悪い実感ではあるが、しかし嬉しくないことではなかった。

大塩は布団から出て、窓を開けた。

窓の向こうには大川が見えていた。月の光を映し、長い歳月のように滔々《とうとう》と流れている。

言葉が口をついて出た。

それもまた、自分が言ったような声ではなかった。

「わたしには、幕府を倒す、力がある」

第四章　夢泥棒

一

「夢を盗まれたんだ」

と、目の前に座った客が言った。

小鈴はそう言った客の顔を見た。若い男である。小鈴と同じくらいの歳ではないか。いわゆるいい男ではないが、ひょうきんそうな憎めない表情をしている。

前に一、二度来たが、常連というほどではない。

「夢を盗まれた？」

小鈴は訊き返した。

「そう」

ぼんやりした顔でうなずいた。

「それは、希望を踏みにじられたとか、そういうこと？」

「そういうんじゃない。こうなりたいとか、ああしたいとかの夢じゃなくて、夜、寝ていて見る夢のほう」

「それが盗まれるって、どういうこと？」

小鈴が訊いた。

なにやら面白そうな話である。面白い話は大好きで、とくにこの店にはそんな話が集まってくる気がする。

「おいらは万歳師《まんざいし》なんだけどね……」

「万歳師？」

「正月の万歳を商売にしてるんだ」

「あ、あれね」

と、小鈴はうなずいた。門付けとして来るものだから、長屋になどは来ない。ご祝儀をはずんでくれる武家屋敷や大店の前で見たことがある。

二人組で烏帽子《えぼし》をつけ、改まった恰好をしているわりには、ずいぶんと面白いことを話して回るらしい。

「でも、あれって三河の人がやるんじゃないの？」

「そう。ふつうの三河万歳はね。三河から太夫《たゆう》が来て、江戸で才蔵《さいぞう》という相棒を見つけるんだよ。ただ、万歳は三河万歳だけじゃない。会津万歳や秋田万歳などいろいろある」

「へえ、そうなんだ」

「でも、おいらはそれとも違う。三河万歳より面白い万歳をやりたくて、気の合う相棒といっしょに、五年前から始めたのさ。いわば江戸万歳だ。以来、毎年新しいおどけの恰好を考えて、喜ばれているんだよ」

「たとえば？」

「これは、去年のやつだけど、ぶた餅《もち》ごっつぁん」

と、恰好をしてみせた。

丸く突き出た腹をぱんぱんと調子よく叩きながら、お相撲さんの土俵入りみたいな動きをする。

「なんだか意味はわかんないけど、面白いね」

「これは今年のやつで、はしご乗り転落！」

はしごを上っていたが、足を踏みはずして落っこちたようなしぐさをしてみせる。落っこちるようすがあまりにも本当らしくて、小鈴は思わず、「あっ」と、声を上げてしまった。


「面白いけど、正月早々落っこちるって、縁起はよくないんじゃないの？」

「そうなんだ。それで今年の正月は、いつもより実入りが少なかった」

「大事なんだね、ネタは」

「そりゃそうさ。それで、来年の正月のやつをどうするか、このところずっと考えていたんだけど、十日ほど前、夢で思いついたんだ」

「夢でね」

「ところが、どうもそれをほかの万歳のやつらが稽古してるんだよ」

「うーん。それって言いにくいけど」

小鈴はすまなそうにうつむいた。

「おいらが、そっちを盗んだんじゃないかって？」

「盗んだというと言葉は悪いけど、ちらっと見ていたものを夢で見たってことは？」

「絶対にないね」

と、胸を張った。

「それは不思議ね」

ちょっと気のない返事になった。

「あ、信じてねえだろ？　いいかい、おいらがその夢を見たのは、十日ほど前なんだ。それから、それをじっさいに演じるために、誰にも見られないようにして、ひそかに稽古していたのさ」

「うん」

「ところが、昨日の夕方だよ。あの野郎がそれを稽古しているところが見えたのさ」

「見えた？」

「そう。そいつは同じ長屋に住んでいるんだよ。万歳や獅子舞《ししま》いや猿回しなどをやる者が集まって住んでいるんでね」

「あなたが十日前に見た夢の中の芸を、その人が昨日、稽古していたのね？」

「そうだよ」

「変じゃない？」

「だから、盗まれたって言ってんだろうが」

「夢は盗めないよ」

　と、小鈴は小さく微笑んだ。

「じゃあ、なんだよ。夢が勝手にあいつのところに歩いていったってか？」

「それもないよね。だけど、偶然というのはあるかもしれないよ」

「偶然だって？」

「皆がよく見るような夢、たとえば七福神の夢なんかなら、たまたま同じ時期に見たとしてなんの不思議はないよ」

「そんな誰でも見るような夢じゃない」

　万歳師は鼻でせせら笑った。

「その、盗んだっていう人に訊いてみた？　その芸はどうしたんだって？」

「もちろん、訊いたさ」

「なんて？」

「おれが夢で見たんだって。面白いだろうって。ふてぶてしいやつさ。盗んだだろうって言うと、ふざけたことぬかすと、生きて帰れねえぞって、逆においらを脅しやがった」

「ああ、まずいね。険悪になる一方だよ」

「おいらも喧嘩は性に合わないんで、悔しいけど、引き下がっちまった。盗んだって証拠もねえしな。ただ、どうにも納得がいかなくてね」

万歳師はだんだん泣きそうな顔になってきている。

小鈴はちらりと星川と源蔵がいるほうを見た。だが、元同心や岡っ引きに相談するほどのことではないと思う。

小鈴の困ったようすを察したらしく、

「どうしたい？」

日之助が声をかけてきた。

「じつはね……」

と、万歳師の悩みを説明した。

「ふうん。おかしなこともあるもんだな」

「万歳もやる気がなくなっちまうよ」

と、万歳師は情けなさそうに言った。

「同じようなやつでもいいじゃねえか。同じところを回るわけじゃないんだろ？」

日之助が慰めるように言った。

「ところが、同じところを回るのさ。ここらあたりなら、伊達《だて》さまや久留米の有馬さま、会津の松平《まつだいら》さまなどのお屋敷にはかならずうかがうんだ。そこで、さっき参った者たちも同じ芸をやっていったぞなんて言われてみなよ」

「そうか。ご祝儀にも影響するか」

「それより、芸人としての誇りもずたずただぜ」

万歳師は元気もなくなってきた。

「その、盗まれた芸っていうのは、どういうやつなの？」

と、小鈴が訊いた。

「もう、いいよ」

「また、盗まれる気がする？」

「そんなことはないけど」

「じゃ、いいじゃない。どうせ、人に見せるつもりだったんでしょ？」

「そりゃそうさ。わかった、言うよ。まず、おいらが見た夢というのは、こうなんだ。富士山が目の前にどぉーんと広がっていた」

「へえ、雄大な夢だね」

「その富士山を見ていたら、すぅーっと鷹《たか》が飛んできた」

「鷹が。縁起がいいじゃないの。あ、一富士、二鷹、三なすびって言うね」

「だろ。これでなすびの夢でも見たら最高だったんだけど、鷹がおむすびを咥えていやがったのさ。これじゃあ、一富士、二鷹、三むすびだろ」

「なすびじゃなくて、むすびかあ」

その夢を二人が見たというのは、よほどの偶然だろう。たしかに疑ってもいい話である。

「でも、結んだものは開くんだよ。だから、そのあとに、結べば開く運の箱とくっつけることにした」

「つまり？」

「一富士、二鷹、三むすび。結べば開く運の箱。今年も開運、今年も開運」

万歳師は、それを振りもつけてやってみせた。

「ああ、正月には縁起がよくてぴったりの芸だね。はしごから落ちるよりずっといいよ」

　と、小鈴は褒めた。

「だろ？」

「その盗んだかもしれない人は、今年も開運ってとこまで同じなの？」

「いや、最後は違う。そいつは、結べば開く運のよさ、ああ、ついてる、ついてる、とか言ってるのさ」

「でも、見た夢はいっしょだもんね。一富士、二鷹、そして、鷹がおむすびを咥えているところでしょ」

「偶然に、そんな夢を見るか？」

　と、万歳師は訊いた。

「ほんと。見ないね。それは不思議だねえ」

　小鈴と日之助も首をかしげるしかなかった。

二

それから数日後――。

常連客とのあいだで、

「世の中には、いろんな仕事があるもんだ」

という話になった。

きっかけになったのは、常連客の笛師の甚太《じんた》ができあがった注文の品を届けると、そこが耳かき屋というめずらしい商売をしていたせいである。

「たかが耳かきだぜ。そんな商売があるなんて、思ってもみなかったよ」

「流行ってるの?」

「客が三人ほど、並んで待ってたぜ。めずらしい商売でも、ある程度、客がいれば、商売として成り立ってしまうんだ。そういうものを見つけたんだから、あそこのおやじは賢い男だよ」

「ほんと。何日か前には万歳師って人が来たよ」

小鈴が言った。

「ほう。万歳師か。いまごろ江戸にいる万歳師はめずらしいな」

そう言ったのは、葛飾北斎である。

まだ、本所の家にはもどらず、麻布の弟子のところで絵を描いているらしい。

誰かに狙われていると言っていたのが本当かどうかはわからないが、当人はそう信じているみたいである。

「しかも、夢を盗まれたんですって」

「夢を？」

小鈴は北斎にもそっと「三むすび」の話を教えた。

「耳かき屋だの万歳師だのって、そんなのめずらしくねえよ。そういえばおれは、夢屋って商売を見かけたぜ」

太鼓師の治作《じさく》が言った。

「夢屋？　なに、それ？」

それまでほかの客と芝居の話をしていたお九が、いきなりこっちを振り向いた。

「夢を買うんだと。面白い夢を聞かせてくれたら、お金を出して買ってくれるんだ」

「買って、どうするの？」

「面白い夢は、ネタに困った戯作者《げさくしゃ》だの、芝居の座付き作者だのが高く買ってくれるんだそうだ。それで、夢を買ってまわってるんだよ」

「そんな商売あるの！」

これには皆、驚いた。

「嘘じゃないぜ。おれはちゃんと見かけたんだから」

「あ、あたしもあるかも。伊達さまの門のわきを歩いてたよ。面白い夢は見ませんでしたか、とか言いながら歩いてた。わりと若い男でしょ？」

と、魚屋の女房のふくが言った。

「そう。まだ、二十七、八ってとこかな」

「ああ、見た。あたし、頭が変になった人かと思ってたけど、夢を買ってたんだ！」

小鈴は小さな声で日之助に言った。

「ねえ、日之さん。万歳師の話につながりそうだね」

「そうかい？」

「その夢屋が買って、同じ長屋にいる男に売ったんじゃないの？」

「どうかなあ。大事な夢だぜ。そんな訳のわからないやつに売るかなあ」

日之助は首をかしげた。

「それもそうだね」

「その夢屋は、いくらで買うんだ？」

と、北斎が太鼓師に訊いた。

「伊達さまの門番から聞いた話ですが、夢ならなんでも買うというわけじゃないみたいです」

「そりゃそうだろう」

「面白さの度合いにもよるけど、高くてもせいぜい三、四十文というところだそうです。天ぷらそば一杯ってとこですね」

「でも、黙っていたらそのうち忘れちゃうし、もともとは戯作者でもなければ、夢なんて一文にもならないし、そりゃあ売るわよね」

と、小鈴は言った。

「夢屋か。うさん臭い商売だな」

北斎は首をかしげた。


客の波が途切れた。

いまは魚屋の定八と女房のふく、それと隅の席に平手造酒がいるだけである。

平手はすこし前に来て、二本目の銚子を頼んだ。

「はい、どうぞ」

と、小鈴が銚子を前に置いた。

肴はなにも頼んでいない。だんだん懐が寂しくなってきたのかもしれない。

コホッ、コホッ。

と、乾いた咳をした。付き合っていたときは、こんな咳はしていなかった。

風邪でもひいたのだろうが、すこし哀れな感じもした。

「仕事してるの？」

「そりゃそうさ。蔵米《くらまい》をもらえねえんだから」

「なにしてるの？」

つい訊いてしまう。

「心配してくれてるのか？」

　平手の目が輝いたように見えた。

「そうじゃないけど、飲み逃げされても困るから」

「するか、そんなこと。口入れ屋に用心棒仕事を頼んでるのさ」

「用心棒……そんな仕事、しょっちゅうあるものなの？」

「しょっちゅうはないが、たまにあれば礼金は高い」

「源蔵さんの件で思いついたのね」

「まあな。それで、いいことを思いついたんだ」

「なに？」

「まず、大店に脅迫状を送るんだ。おめえのところの商売が気に入らないので、押し込みに入って、火をつけてやるとか」

「ひどいよ、それ」

「嘘なんだよ。だが、怯えるだろ。そこでおれが、用心棒の仕事は要らないか、と売り込みに行くのさ。いいだろう？」

「…………」

本気だとしたら、かなり人間が卑しくなっている。

「ところで、客にはずいぶん愛想がいいんだな」

「愛想が悪かったらできない商売でしょ」

「そりゃあそうだが、前よりも愛想がいい」

「だって、あたしはこれでも女将にしてもらったんだよ」

「座れよ、そこに」

平手は横の樽を示した。

小鈴は一瞬ためらったが、そっと座った。

「へえ、座らないかと思った」

「やっぱり、立とうか」

「いや、いてくれよ。ちょっとだけでいいから」

小鈴は酒を注いだ。この店で注いであげたのは初めてかもしれない。

「罪つくりだな、女は」

平手は怒ったように言った。

「どうして？」

「女の愛想に、寂しい男はついくらっとなる」

「そんなこと、ないよ」

「そんなこと、ある。女もそれは知ってるんだ」

「加減が難しいってことは知ってます」

「賢い女だからな」

「でも、それは女に限らないよ」

小鈴は横を向いて言った。

「そうかね」

「そうだよ」

だが、平手は、それはなかったかもしれない。見せかけの愛想、口だけのやさしさは。

「難しいよな、男と女は」

「男と女だけ？」

「みんな、難しいか」

「難しいよ」

「そうだな。だから、ときどき、おれは人間をやめたくなる」

平手は酒をあおり、今度は自分で注いだ。

調理場で日之助が心配そうにこっちを見ていた。

大丈夫というように、小鈴は小さくうなずいた。

そのようすを見たのか、平手が、

「なんか妬《や》けるね」

と、苛立った声で言った。

「ヤキモチ?」

「ああ」

「ヤキモチなんか焼かれるいわれはないと思います」

冷たい口調で、手厳しく言った。

立ち上がって調理場にもどろうとすると、

「そんなこと言われても、焼いちまうんだからどうしようもねえ」

と、平手は呂律《ろれつ》の回らない口で言った。

三

　また何日かして、万歳師が顔を出した。

　やはり元気がない。

「稽古してる？」

　と、小鈴が訊くと、

「来年はやめようかと思ってるんだよ」

「そうなの？」

「ああ、新しいことも考えられねえし、やる気もでねえし」

　万歳師は荷物を持っている。道具箱のようである。

「万歳にも道具箱はいるの？」

　と、小鈴は訊いた。

「万歳で稼げるのは正月だけだぜ」

「そうか。ふだんは違うんだね」

「おいらは石工をしてるんだ」

「そりゃあまた、ずいぶん固い商売だね」

と、小鈴は微笑んだ。

「ふだん固いから、万歳師なんてのに憧れたのかもしれねえな。それがよかったのか、悪かったのかはなんとも言えねえよ。常打ちの寄席《よせ》にずっと出られるような話があれば、石工の仕事もやめちゃうんだけど、正月のあがりだけじゃとても一年は食えっこねえし、惚れた女ともいっしょになれねえし」

どうも、万歳師はいまの自分に迷いが生じてきているみたいである。

「ねえ、夢屋って知ってる？」

と、小鈴は訊いた。

「夢屋？　なに、それ？」

「面白い夢を見た人からその夢を買うの。それで、戯作者とか芝居の台本作者とかにそれを高く売るわけ」

「それ、ほんとの商売？」

万歳師は疑わしそうな顔をした。

「疑いたくなるよね。でも、ほんとの商売で、ここらを歩いているらしいよ。あたしは直接見たことはないんだけど」

「ははあ。そいつに、おいらが自分の夢を売ったんじゃないかって？」

「でも、そう考えると、すべて納得がいくでしょ」

「いかねえよ。夢屋なんて、そんなのは知らない。だいいち、知っていたとしても、おいらがそんなやつに夢を売ったりするわけがない」

「うん。あたしもそうだろうなとは思ったんだけど……でも、誰にも話していないの？」

「あ、一人だけ」

「誰？」

「万蔵の相棒だよ。相棒にだけは言わないと、稽古もできねえ」

万蔵にはかならず相棒がいる。太夫と才蔵の組み合わせである。

「その人が夢屋に売ったってことは？」

「ないね。相棒もかたぶつなんだ。ふだんの仕事は刀鍛治《かたなかじ》をしているくらいだからね」

「刀鍛治とはまた、石工より固いかもね」

と、小鈴は思わず笑ってしまう。

「だいたい、相棒の住まいは深川の佐賀町で、おいらは相棒の家に行ったときにこの話をした。だから、ここらとはまるでつながりはないだろ」

「麻布と深川じゃ、ちょっと遠いね」

「しかも、その夢屋ってのはいくらで買うのかい？」

「高くてもせいぜい三、四十文ってところだって」

「へっ、売るわけねえだろ。おいらの相棒は賢い男だぜ。万歳は正月の大きな稼ぎの元になるんだ。その大事なネタをたかだか三、四十文で売るか？」

「そうだよね」

小鈴はうなずいた。

たしかに、相棒が夢屋に売るのは考えられないし、その夢屋がそうそう都合よく麻布界隈と深川佐賀町を行き来しているということもありえない。

「夢屋なんて、なんだか夢のある仕事みてえだな」

と、万歳師はぽつりと言った。

「そうよね」

「でも、おいらなら、面白い夢だけじゃなく、恐い夢ってのも商うことにするけどね」

「恐い夢？　そんなの買ってどうするの？　怪談物の作者に売りつけるわけ？」

「逆だよ。客は恐い夢を、おいらに話し、さらに金を払って持ってってもらうのさ。そうすれば、恐い夢が正夢にならないというふれこみにするわけ」

「へえ」

「嫌な夢を見てしまって、それが正夢になるのを恐がっている人って、けっこうたくさんいると思わねえかい？」

「うん。いる、いる」

「流行るかな？」

「流行るかもよ」

　小鈴がそう言うと、万歳師はちょっと考え込み、

「いや、流行らねえな」

「そう？」

「人ってのは、かたちのないものにはよほどじゃねえと金を出さねえ」

「だったら、かたちにすればいいんじゃない。かんたんなお札とか、身代わりにする紙の人形とかもいっしょに売るのよ」

小鈴は新しい商売などを考えるのは大好きである。それで大儲けをすることを考えたら、わくわくしてしまう。飲み屋の女将をしながらだってできそうではないか。

「いや、それでも流行らねえ。その、ほんとにある夢屋ってえのも、流行るわけねえんだがな」

と、首をかしげた。

この万歳師、やはりちょっと固すぎるかもしれない。

四

万歳師が帰ってしばらくすると、葛飾北斎がやって来た。

北斎は酒を飲まない。お茶も飲まない。白湯《さゆ》か水を飲み、食いものを注文する。

だが、健啖家《けんたんか》である。

この晩も、鯖《さば》と鯛を焼いたのと、田舎鍋を頼んだ。鍋はあとで雑炊にするつもりなのだ。

その鍋をつつきながら、

「あのあと、夢屋って商売のことを考えていたのさ」

と、北斎は言った。

「はい」

「それは絶対に怪しいぜ」

「怪しいんですか？」

「面白い夢を買って、戯作者や座付き作者に売る。考えとしては面白い。だが、戯作や台本で食ってるやつらなんて、ほんの一握りだ。それが商売になるか？　しかも、おれは戯作者の何人かとは付き合いもあるが、夢屋なんてものからネタを買うなんて聞いたことがねえ」

「ということは？」

「夢屋というのは仮の姿だ。そういう面白い商売を隠れ蓑《みの》にして、じつは大名たちの屋敷に接近し、奥女中あたりから夢をきっかけにいろいろ話を聞くのさ」

「女のほうが夢の話とか好きかもしれませんね」

「奥女中なんてのはけっこう暇してるからな。夢屋なんて、いかにもそんな女たちの気を引きそうな商売だぜ」

「ええ、あたしも暇だったら、その夢屋とちょっとしゃべってみたいですよ」

「だが、夢の話を聞くってことは、大事な話を聞き出すってことにもなると思うぜ。夢にかこつけて、悩みの話だとか、いまの暮らしぶりなんて話まで持っていけばいい。しかも、話術の巧みなやつだったら、話を別な方向に持っていくこともできる」

「じゃあ、夢屋の正体は？」

小鈴は恐くなってきた。

「大名家の奥向きを探ろうとする幕府の大目付《おおめつけ》の密偵だよ」

「まあ」

「もっとも、おれたちにはなんの関係もねえ」

と、北斎は中身を食べ終えた鍋に、雑炊にする飯を入れながら言った。

「そうでもないかも」

小鈴は首をかしげた。

「どうした、小鈴ちゃん？」

「ほら、あの夢が盗まれたという万歳師」

「ああ」

「さっきも来ていたんで、夢屋のことを訊いたんです。すると、そんなやつに大事な商売のネタを売るわけない。それは、深川の佐賀町にいる相棒も同じだって。でも、なんかわからないんだけど、どこかでつながっているような気もするんですよ」

「相棒がな」

「はい」

「それでだいたい夢泥棒の謎も見当がつくじゃねえか」

と、北斎は言った。すこし肌に粟《あわ》が生じたような顔になっている。

「そうなんですか？」

「つながるよ」

「つながります？」

「その夢屋に化けた密偵はいま、そこの伊達家にいろいろと探りを入れているのさ。伊達家ってところは大藩だから、方々に屋敷がある。たしか、深川の佐賀町には、大きな蔵屋敷があったはずだぜ」

「あっ」

「相棒は、夢屋にはもちろん売らなかっただろう。だが、売らないがしゃべったかもしれねえ。その相棒と、屋敷の奥女中ができてるとしたら、寝物語にしゃべっても、なんの不思議はねえわな」

「はい」

「万蔵師なんてのは、話は面白えし、よくしゃべるし、意外に女にはもてるんだぜ」

「そうかもしれません」

ちらっと平手造酒を見た。北斎よりすこしあとに来て、戸口近くの隅の席に座っていた。

平手も無口なほうではなかった。自分の夢を話すときは、嬉々《きき》として饒舌《じょうぜつ》になった。それで小鈴は心を動かされた気がする。

「たとえ、奥女中とできてなくても、深川の蔵屋敷の近くにいれば妹が奉公してるなんてこともある。奥女中に話が伝わることは充分、考えられるよな」

「それで、奥女中がその話を夢屋に売ったんですね」

「そうすりゃあ、その話はまた、ここらにもどってくるぜ。夢屋の頭の中に入ったままだがな。それで、夢屋はこっちでも奥女中といろいろ話をしてる。話のついでに、初夢と言えば、一富士、二鷹、三なすびだが、こんな話もありますぜと」

「それで、こっちはこっちで奥女中とその長屋の万歳師がつながっていたりするんですね」

「そういうこと」

「つながりますね」

「だろ？」

と、北斎は笑った。

「確かめられますかね」

「無理だろうな」

「そうですよね。いわゆる悪事とは違うし、ましてや密偵なんてからんでいたら、危なくて確かめたりもできませんよね」

「確かめたってしょうがねえしな」

北斎がそう言ったとき、

「確かめられますよ」

と、わきから日之助が言った。

「え、そうなの、日之さん？」

小鈴が驚いて訊いた。

「ああ。昨日の夜、こっちの席にいたから小鈴ちゃんは話を聞いていなかったと思うけど、伊達さまの下屋敷の人たちが飲みに来ていたのさ」

「うん、二人づれだったよね」

小鈴はお九たちの話に加わったりしていて、そっちはほとんど気にとめていなかった。女将としては失格である。

「その武士たちが、奥女中が二人ほど、急に暇を出されたって話をしていたんだよ」

「暇を……」

小鈴は北斎を見た。

北斎はうなずき、にやりとした。

「どうも怪しげな物売りみたいなやつを中に入れ、おしゃべりをするうちに国許《くにもと》の特産品だの、蘭学を学んでいる者がいるだのと、余計な話をしたらしいのさ。なんせ、ひそひそ話みたいなものだったから、それ以上のことは聞こえなかったんだけど……。どうです、北斎さん。この話は、さっきの推測をかなり確かなものにしてくれると思いませんか？」

「思うよ」

と、北斎が言い、

「間違いないね」

小鈴も嬉しそうに言った。

「夢泥棒か。思わぬ話になったな」

北斎は感慨深げに言った。

「夢があるっていうのはいいですよね」

「小鈴ちゃんもあるだろ?」

「どうでしょう?」

「なきゃ、困るな。おこうさんもあったんだから」

「母の夢ですか?」

「ああ」

「どんな?」

「おれもくわしくはわからない。だが、なんかあったのは間違いないぜ」

「ふうん。母の夢ですか」

あまり想像できない。だが、それはもちろん、あったのだろう。母の言葉を思い出した。世の中には、他人の夢を馬鹿げたことだと諦めさせようとする人がいっぱいいる。でも、自分でそれをやってちゃおしまいだ……。

酒場の女将をしながらできることってなんなのだろう?

「おこうさんの素晴らしい才能は、小鈴ちゃんにも伝わってるよ」

「母の才能?」

「知りたいかい?」

「はい」

「おこうさんは、人を見る目が凄かったよ」

「人を見る目？」

「そう。隠してるものをあばくとか、そういうんじゃねえんだな。人を丸ごと見てたと思う。中身もふくめてな」

「そうですか？」

「小鈴ちゃんにもそれは感じるよ」

「…………」

北斎からそう言われたら嬉しいが、自分ではとてもそんなふうには思えない。

「見る目と言ったら、北斎さんの富士の絵だって凄いですよ。富士を描いた絵を見ていてふっと思ったんだけど、北斎さんはあの富士をどこから見て描いたんだろうって。あれは、自分が鳥にでもならないと描けない絵でしょ？」

「鳥にな」

「波の向こうにある富士の絵でもそうですよね。あの波って止まっているみたいに描いてあるけど、波って止まるわけないですよね。北斎さんはどうやって、あの波を見たんだろうって」

「そんなふうに感じてくれたのかい？」

「ええ。凄いですよ」

北斎はいったん嬉しそうにしたが、

「でも、あの富士の絵を描いたのがまた、まずかったんだよ」

と、声を低めた。

「富士の絵がまずい？」

「まずいのさ。女の小鈴ちゃんにはわからねえかもな」

「どういうことでしょう」

本当にさっぱりわからない。富士の絵がなぜまずくて、女にわからないとはどういうことなのか。北斎は酒を飲まない。酔っているわけではない。

「ま、そこらはいろいろあるのさ」

「はあ」

北斎はさりげなく、店の中を見回した。本当に、危ないところに触れたらしい。

「ところで、その万歳師はやるんだろ？　夢からつくった芸を？」

北斎が訊いた。

「いや、どうでしょう。元気がなくて、来年は万歳をやらないかもしれないと言ってましたよ」

小鈴がそう言うと、北斎はちっと舌打ちして、

「ものをつくる仕事には、つねにそういうことがからむんだぜ。一足先にやられちまったら、それを上回るものをつくらなきゃしょうがねえ。そこでがっかりしてやる気がなくなるなんてやつは、そもそも才能がねえのさ」

自分自身に言い聞かせるみたいにそう言ったのだった。


店がはねた。

平手造酒は最後の客で送り出されると、店の前の寺の門のわきに身をひそめた。

疑いが兆していた。

あの店は、三人の男たちが金を出し合って経営しているらしい。そのうちの誰かと小鈴がいい仲になっているのではないか——と、そんなことを疑ったのである。

そうでなければ、あんな若い女を女将になんかするわけがない。

しばらくして、岡っ引きの源蔵と、三人のうちではいちばん若い日之助が出ていった。

すると、小鈴がかんぬきを下ろした。

やっぱり男が泊まるのではないか。しかも、あの星川とかいった元同心の爺いが。

——嘘だろ。

諦めたはずなのに、悔しさがこみ上げてくる。

ふらふらと坂を降りた。

坂下の飲み屋に入って、凄い勢いでさらに二合ほど飲んだ。

「おれなんかと付き合っても駄目になるだけだよな」

と、ひとりごちた。それは頭の半分ではわかっているのだ。逢《あ》わなければよかったとも思った。

「よし、もう、ここを離れよう」

だいたい、仙台藩からも放逐された身分である。こんなところをうろうろしていること自体、ひどくみっともないのだ。

「もっと、おれに似合いの女もいるはずなんだ」

この世になにも期待しなくなった女。自分といっしょに駄目になってくれる女。

小鈴はこの世でやりたいことをいっぱい持っているのだ。それを成し遂げられる女なのだ。

離れることを小鈴に告げて、最後の別れをしよう。

平手はもう一度、坂を上った。

男は部屋を暗くして、窓にはりついていた。

小鈴の店から半町（およそ五十五メートル）ほど下に降りたところにある家の二階である。道の反対側にあたり、ゆるく湾曲しているため、小鈴の店の出入りはよく見えていた。

「なあ、倉田《くらた》」

と、男は振り返って、月の光が届かない真っ暗なところで握り飯を食っていたもう一人の男に声をかけた。

「なんだ？」

「わしらは本当に仕官がかなうのかな」

「そういう約束だろうが」

と、倉田は言った。

「小笠原《おがさわら》さんとはな。だが、小笠原さんの上にいるではないか」

「ああ、御目付《おめつけ》だろう」

「名前を知ってるか？」

「いや。渡辺《わたなべ》、おぬしは知ってるのか？」

「小笠原さんの屋敷に出入りしていたやつから聞いたのさ」

「なんていう人だ？」

「鳥居耀蔵《とりいようぞう》というらしいぜ。なんでもご老中の懐刀のような人で、お城でも着々と力をつけているそうだ」

「鳥居耀蔵……その名はわしも聞いたことがある。切れ者であるうえに、うさん臭い連中を徹底して取り締まるべきだと主張しているらしいな」

倉田がそう言うと、

「そうさ。いまは蘭学者と大塩平八郎の一味に目をつけている。だが、そのうちわしらのような浪人者を厳しく取り締まれなどと言い出しかねないぜ」

と、渡辺は顔を歪《ゆが》めた。

「だろうな」

倉田は暗い声で言った。

「おぬしもそう思うか?」

「ああ。わしが斬ったあの茂平といった岡っ引き。あいつは、昔からその人のために働いてきていたんだ」

「そうなのか?」

「名前は言わなかったが、たぶんそうだ。それが、ちっと手順を間違えたので怒りを買い、始末されてしまった」

「そういうことなのか」

「そういうことなんだよ。だから、わしらもうかうかできない」

「うかうかできないったって、どうすりゃいいのだ?」

「早いとこ、士分にしてもらおうぜ。こうなったら陪臣でもかまわぬ。身分を確保しておかないと、危なくて仕方がない」

倉田はそう言って、窓辺に近づいた。

「おい、あいつ」

目を凝らした。

男が一人、小鈴の店に近づいていた。

男は家の前に立ち、いまにも戸を叩こうとしていた。

「橋本か？」

と、渡辺が言った。橋本喬二郎。二人がずっと追いかけてきた男である。その橋本の向こうに、大塩平八郎がいる。

「あいつを捕まえれば、わしらの身分も確保できるぞ」

二人は急いで外に飛び出した。


平手造酒は、店の前に立った。一瞬、ためらう気持ちが湧いた。本当に別れを告げてしまっていいのか。未練はないのか。自問した。

だが、これ以上の苦しみに耐える自信はなかった。思い余って、小鈴にもひどいことをしてしまうかもしれない。前にも叩いてしまったことがある。

「小鈴、開けてくれ」

と、戸を叩いた。頑丈な戸だった。強く叩いても、びくともしなかった。

わきにある窓の障子の向こうで、明かりが動く気配があった。

「小鈴、話があるんだ」

返事はない。

そのとき、後ろに忍び寄ってきた男たちがいた。

平手は振り返り、

「なんだ、てめえ」

と、酔った口調で言った。男たちは二人だった。いずれも長身の平手に見劣りがしない、いい体格だった。

「おぬしこそ、この家になんの用がある？」

と、片方が訊いた。

「大きなお世話だな」

「橋本喬二郎に、なにか頼まれたのだろう？」

「橋本？　誰だ、そいつは？」

平手は酔った目で、男たちを睨みつけた。

五

星川は階下で縁台を二つ並べて横になっていた。

だが、すぐに戸が叩かれた。平手であるのは声でわかった。小鈴に会いに来たのだろう。しかし、会わせるわけにはいかない。

返事をしないでいれば、そのうち帰るだろう。うっちゃっておくことにした。

ところが、平手のほかに別の男たちが現われた。

耳を澄まして話を聞いた。これはうっちゃっておくわけにはいかない。

すぐに階段の途中まで上がって、

「小鈴ちゃん。はめ板を閉じてくれ。それで、なにがあってもそのはめ板を開けちゃいけねえぜ」

「はい」

「誰かが無理やり開けようとしたら、大声で騒ぐんだ。いいな」

「わかりました」

小鈴もなにか気配を感じたらしく、あの吹き矢の筒を握りしめている。つねづね稽古もしているらしい。

たかが小娘とあなどると、意外にひどい目に遭《あ》うのではないか。

返事を確かめ、星川はすぐに戸口のところにもどった。

かんぬきを外し、外に出た。

平手と男二人が向かい合っていた。男二人はまさに、このあいだの夜、斬り合った二人だった。

「どうした、平手さんよ」

と、星川が声をかけた。

「わたしは小鈴に別れを告げようと決意したんだ。そう思って来たら、こいつらがどこからともなく現われやがったというわけさ」

「ほう」

星川はすでに刀に手をかけている。

「前にも会ったよな」

と、星川はたしか倉田と呼ばれていた男に言った。

「元木っ端役人。引っ込んでいろと言ったよな」

「そうもいかねえんだ。おいらの後輩や知り合いがお前たちを追っているのでな」

「わしたちを？」

「この家が焼けたのは間違いなく付け火のせいだ。やったのは、お前たちに斬られて死んだ男たちだ」

「ほう、そうなのか」

　倉田は笑いながら言った。

「一人は麻布で岡っ引きをしてた茂平、もう一人は茂平の仲間で、この店を見張っていた男さ。大方、お前らも仲間なんだろうな。だが、仲間のはずが、茂平ともう一人を始末してしまった。なんでそういうことになったかはわからねえ。たぶんとかげの尻尾《しっぽ》斬りだろう」

「ふっふっふ」

「お前らも元木っ端役人だの、町の岡っ引きだのをあんまり舐《な》めねえほうがいいぜ」

「そうかい」

「お前らがそっちの二階家で見張りはじめたのがわかったんで、こっちもお前らを見張らせてもらった」

「なに」

「あんたは倉田さんとか言ったよな。そちらの名前がわからねえお人。あとをつけられてはいねえか、ちっとは気をつけてみるもんだ」

ハッタリだった。下手人の取り調べでしばしばやってきた手口だった。相手を怒らせたり、不安がらせたりして、言葉の端から真実の糸口をつかむのだ。

もっともつけようとしたのは嘘ではなかった。ただ、一ノ橋のところで舟を拾われてしまい、あとをつけることができなかったのだ。

「きさま」

倉田たちも刀に手をかけた。

「平手さんよ」

星川が一歩後退して言った。

「なんだ」

「いまからの戦いは、小鈴ちゃんを助けることにもなるんだ。手助けしてくれるよな」

と、訊いた。

「小鈴はわたしを見捨てたのだぞ」

平手は悔しそうに言った。もっとかんたんに手助けしてくれると踏んだが、星川の当てが外れたらしい。

「見捨てられた女に力は貸したくないってか。だったら、用心棒代を払うよ。五両払う。どうだ?」

「おう、この腕、五両で売ったぜ」

平手造酒も刀に手をかけた。

平手だけが刀を抜いていなかった。

その平手は倉田と対峙《たいじ》していた。

「やっ」

倉田は鋭く踏み込んで、八双から剣をくり出した。平手はこれをぎりぎりでかわし、刀を見送ると同時に抜いた。

凄まじい剣風が吹いた。

「うわっ」

倉田は声を上げ、思わずのけぞった。体勢は完全に崩れ、後ろに尻餅をつきかけた。

平手は足元すらおぼつかないほどの酔いっぷりだったのだ。それがいまや、酔いのかけらも見せず、身体が躍動しはじめていた。

一方、星川は相手の剣から逃げていた。

斬りこんでくる。これをわずかな足さばきと身体の反りでかわした。相手の剣が流れる瞬間、軽く突きを送った。

二度突くつもりだが、一度しか突けない。

だが、相手の右手首あたりを突いた。血が流れ出ている。

もう一度、横殴りの剣が来た。のけぞってかわし、突いた。これは手の甲をかすめた。それでも太い静脈を断ったらしく、かなりの血が流れはじめた。

「ううっ。きさま、尋常な勝負をせよ」

と、相手が怒鳴った。

「してるではないか。さ、どんどんかかってこい」

星川は挑発した。

平手造酒は横目でちらちらと見るだけでも、凄まじく強いのがわかった。もはや、完全に相手の太刀さばきを見て取ったらしい。

恐れる気配はまったくなしに、倉田に剣を浴びせた。上段、中段、下段からの剣が次々に倉田を襲う。

「渡辺。なにしてるのだ。早く片付けろ」

倉田がわめいた。もう一人は渡辺というらしい。

「この糞《くそ》おやじ、嫌な剣を遣いやがるんだ」

「ちっ、こっちの酔っ払いも意外に鋭くてな」

倉田がそう言ったとき、平手が倉田の横を走り抜けた。すると、倉田の首から凄い血しぶきが走った。

「なんてことだ」

渡辺が動揺していた。

「おい、お前らの背後に誰がいるんだ？」

と、星川が訊いた。

「やかましい」

また斬りかかってきた。これものけぞってかわした。もはや完全に、渡辺は星川の立ち位置を見失っている。

かなり疲労してきていて、苦しげな息が洩れている。

「大塩平八郎を追ってるんだろ？」

カマをかけた。

「どうして、それを？」

当たったらしい。

「わかってるんだぜ。だが、おこうさんはなぜ殺した？」

「殺すなと言われていたのを、あの馬鹿どもがしくじったのさ」

「誰が殺すなと言ったのだ？」

「きさまらの手など届かない人だっ」

もう一度、剣が来た。これもかわし、今度は踏み込んで突いた。肘《ひじ》の辺りだった。

渡辺は剣を落とした。

「たあっ」

星川の剣が初めてひるがえった。

渡辺は胸から大きく斬られ、うつぶせに倒れこんだ。


「二人とも倒したのね」

なりゆきを見守っていた小鈴が外に出てきて言った。

「茂平ともう一人はすでに死んだ。あと、この二人も斬った。いちおう、おこうさんの仇《かたき》は討ったことになるのかな」

と、星川は言った。

「ありがとうございます」

小鈴が頭を下げた。

「だが、これでおこうさんが喜んでいるなんてことはないな」

「そうですか」

「直接の仇は討ったかもしれないが、本当のことはまだなにもわかっていない」

「大塩平八郎という人のことですね」

「うむ」

星川はうなずいた。渡辺といった男も、明らかに大塩の名に動揺していた。それに、あいつらはなにかを探していた。それがなんなのかも、まだわかっていない。

「じゃあ、わたしの役目は終わったようだ」

と、平手が言った。また酔いがもどったらしく、すこしふらついている。

「うむ。約束の五両を持ってこよう」

星川が店に引き返した。

その星川を見送って、平手は、

「小鈴。お前とは、もう逢わないよ」

と、目を逸らしたまま言った。

冬の夜空の真ん中に、高々と満月がかかっていた。星々の輝きは、月の飾りのように周囲に満ちていた。

「うん。それがいいよ、平手さん」

と、小鈴がうなずいた。

もう逢えなくなる。かつてあれほど見つめ合っていた二人が、もう逢えなくなる。

それはいったいどういうことなのだろう。ひどく理不尽な運命であるような気がした。

なにかが走った気配がした。

流星だった。

小鈴は平手と並んで夜空を見た。さらに流星がつづいた。

時は流れたのだ、と小鈴は思った。時が流れると、恋は終わるのだった。

星川が店から五両を取ってきた。

「たしかにいただきました」

平手はそれを懐に入れた。

「助かったぜ」

「それにしても不思議な剣でしたな」

と、平手は言った。称賛の気配があった。

「そうかい」

これほどの遣い手に褒められるのは嬉しいことだった。老骨に鞭《むち》打って、稽古に励んだ甲斐もあるというものだ。

「あれは手こずりますよ。秘剣と言ってもいいくらいだ。あの太刀さばきに、名はないのですか？」

「名なんてあるもんか」

「わたしがつけてあげましょうか？」

「どういうんだい？」

「秘剣糞おやじ」

平手は真面目な顔で言った。

「そりゃあ、あんまりだぜ」

「秘剣老いの杖《つえ》」

「おっ、いいじゃないか」

星川はにんまりとした。

「思いっ切り弱そうですがね」

「いや、なまじこの剣は強いなんて、てめえに思わせねえためにも、そのほうがいい。名乗るようなときがあったら、使わせてもらうよ。秘剣老いの杖」

と、笑った。

「じゃあな、小鈴」

平手造酒は小鈴を見つめた。コホッと、乾いた咳を一つした。

「はい」

「迷惑かけたな」

「でも、最後に助けてもらったよ」

「そいつはよかったぜ」

平手は背中を向け、坂を下りはじめた。すこし肩をゆするようにする癖も、昔といっしょだった。

その広い肩に向かって、小鈴は言った。

「平手さん。酒に溺れちゃ駄目だよ」

涙声になりそうなのを耐えた。

「いいだろうよ、別に。おれの身体だ」

「そんなんじゃそのうち、ヤクザの用心棒までする羽目になってしまうよ」

「それもまた、人生だろうが」

まるで都々逸でも唄うような調子で平手は言った。

六

大塩平八郎は、七人ほどの男たちに囲まれていた。

新川にある酒問屋の離れである。大坂に本店を持つこの酒問屋は、かねてから大塩の支援者だった。

「思ったよりずっとお元気でいらっしゃる」

「本当に」

「むしろ、以前よりお若くなったのではないですか」

「わたしもそう思いました」

男たちは口々に安堵《あんど》の思いを語った。

生きているというのは知らされていた。だが、動くのに困難なほど、ひどい怪我をしているのではないか、顔などは焼け爛《ただ》れてしまっているのではないか……そうした懸念が一目で払拭《ふっしょく》されたのだった。

よく見れば、顔にいくつか火傷《やけど》の痕《あと》がある。

だが、痛々しいというほどではない。

見かけから窺える乱の名残りはその程度のものである。

「大塩さま。幕府は大塩さまが生きていることを知っているのでしょうか？」

七人のうちいちばん若そうな男が訊いた。

「半信半疑といったところではないかな」

と、大塩は答えた。

「まるっきり死んだと思っているわけではないのですね」

「爆死した男は、顔の判別もできない状態だったはずだ。ただ、すぐに噂が出回ったらしい。わたしは逃亡したと」

「それは大塩さまを見かけたわけではなく、生きていて欲しいという町人たちの願望ではないかと思いますが」

「だが、幕府がわたしを気にしていて、追っているのも確からしい。な、橋本どの」

「はい、そう思います」

橋本喬二郎はうなずいた。

「ということは、やはりわたしの死を疑っているのさ」

「………」

七人は表情を硬くしてうなずいた。

「今度こそ、気をつけて動かなければならない」

と、大塩平八郎は言った。

「わたしはこの二年ほど、反省ばかりしていた。大坂でのあまりにも稚拙な戦いぶりをな。わたしが未熟なあまり、塾生だけでなく多くの人たちにとんでもない迷惑をかけてしまった」

そう言うと、大塩平八郎はしばらく嗚咽《おえつ》した。

声も涙も隠そうとはしない。

皆、もらい泣きしてしまう。

ようやく嗚咽がおさまった。

「もう、あの轍《てつ》は踏まぬ。今度こそ周到に、緻密《ちみつ》に、したたかに、幕府と渡り合う。学者の戦いではない。野武士の戦いをする。皆もそのつもりでいてくれ」

と、七人を見回した。

「一つの策にはこだわらぬ。状況に応じて修正する。また、さまざまな策を同時に進行させる。一つが失敗したからといって、絶望したり、自棄《やけ》になったりはしない」

「……………」

「わたしはやれると思う。もう、あの乱のときのわたしではない。不思議な力まで授かっているはずなのだ」

大塩平八郎は力強い口調でそう言った。

それは、七人の男たちが思わずうなずいたほどに、説得力に満ちていた。

「明らかに気運は高まりつつある。わたしが昨年の二月に大坂で挙兵したあと、六月には越後の柏崎で生田万《いくたよろず》という国学者が、村役人たちとともに乱を起こした。すぐに鎮圧されたらしいが、こうした乱は今後も頻発するだろう。こうした動きと、なんとかうまく連携できたらと考えている」

「……………」

「いまや幕府に叛意《はんい》を抱くのは蘭学者だけではない。わたしのような陽明学を学んだ者にさえいるほどだ。ほかに、隠し念仏を唱える者たちもいれば、隠れキリシタンも根強く残っている。法華《ほっけ》の不受不施派《ふじゅふせは》の数は、隠れキリシタンをはるかに上回る。だが、わたしが心中、もっとも当てにしているのは、富士講の人たちだ」

「富士講？　あの、町人たちがぞろぞろと富士に登るあれですか？」

　一人が意外そうに訊いた。

「そう。あの人たちは、じつはそこらの蘭学者など足元にも及ばぬほど進歩した考えを秘めているのだ。それは、富士で自ら木乃伊《みいら》となった行者《ぎょうじゃ》、食行身禄《じきぎょうみろく》が伝えた考えだ」

「それはどのような？」

「四民は元一体、男女になんの隔てがあらんや。同じ人間なり」

「富士講にその教えが？」

「富士信仰にはそれが秘められている。だから、幕府はしばしば躍起になって、富士講を禁止しているのだ」

「そうでしたか」

　皆、驚愕《きょうがく》していた。

「また、やはり昨年の六月にはエゲレスのモリソン号という船が浦賀に入った。漂流民を送り届けてくれたのだ。だが、これを幕府は砲撃でもって追い払った。この仕打ちに対し、蘭学者などから不平の声が上がっている。作者の名は記しておらぬが、これは麹町貝坂で塾を営む高野長英どのが書いたものだ。対話形式になっていたりするが、立派な意見が書かれてあると思う」

と、大塩は『夢物語』と題された冊子を掲げてみせた。

「だが、これよりずっと前に、シーボルト塾の生徒たちの中で、もっとも優秀といわれた戸田吟斎さんが書かれた書物に『巴里物語』というのがあった」

「巴里物語……」

「これは、寛政元年にフランスという国のパリであった民衆蜂起《ほうき》について書かれたものだった。戸田先生は、最初にこの話を長崎で聞き、いろいろ訊ねて書いたのだが、この本では、幕府がものすごく嫌がる言葉を称賛していた。だからこそ、われわれの胸を打ち、この書物が大きな影響を与えることになったわけだが」

「大塩さま、その言葉というのをお聞かせ願えないでしょうか？」

「もちろんだ」

大塩平八郎はうなずき、三つの言葉をゆっくり口にした。

「愛と、自由と、平等」

「鳥居さま。お疲れさまにございます」

お城の控えの間に入ってきた目付の鳥居耀蔵を二人の男たちが待っていた。

「ああ、疲れた」

鳥居耀蔵はうなずいた。

二人は輩下の者である。

目付の鳥居耀蔵は、しばらく江戸を留守にしていた。

老中水野《みずの》忠邦《ただくに》の命を受け、江川《えがわ》太郎左衛門《たろうざえもん》英竜《ひでたつ》とともに、浦賀の測量に出ていたのだ。モリソン号の入港以来、ここを警戒すべきという要請が多い。そのための探索だった。

鳥居耀蔵は蘭学という学問が嫌いである。

むしろ、憎しみすら覚えている。

この旅でも、鳥居は蘭学者への憎しみをつのらせていた。

「江川もどうしようもない。鎖国を徹底せねばならぬときに、蘭学の徒を使うとはどういう了見なのか」

しかし、蘭学者たちはじわじわと幕府の中枢で信頼を増しつつあった。

「なにかあったのか？」

と、鳥居は輩下である小人《こびと》目付、小笠原貢蔵《こうぞう》に訊いた。

「はい。思わぬなりゆきになってきまして」

「あらゆるなりゆきは、思わぬほうへと進む。そのとき、どう対応するかだ。くわしく申すがよい」

と、鳥居耀蔵は厳しい口調で言った。

「まず、大橋元六《おおはしげんろく》から」

と、小笠原は同僚の大橋を見た。

大橋も下級武士の動向を見張る小人目付である。

「わたしのほうでも、大坂から潜入していると思われる大塩平八郎を追っていますが、この大塩の噂をばらまこうとした瓦版屋を始末させようと刺客を向けました。こいつはただ殺すだけの使命を与えただけで、事情はなにもわかっていません」

「それで？」

「先日、麻布の坂下町で斬られました」

「斬られた？」

「はい。瓦版屋がそのように腕が立つとはとても思えません。すこしようすを窺ったうえで、新たな刺客を差し向けるつもりです」

「その瓦版屋だが、なんと言ったかな？」

「はい。月照堂の源蔵といいます」

「なんと」

　鳥居はぽつりと言った。おこうの店を再建したあの源蔵が、まさか大塩の件にもからんでいたとは思わなかった。

「わたしのほうですが」

　と、小笠原が言った。

「倉田忠吾《ちゅうご》と渡辺精太郎《せいたろう》がやられました」

「なに？　倉田は一刀流の達人だと言っていたではないか。渡辺もかなり遣うはずではないのか」

「それが二人とも斬られました」

「それほどの遣い手がいるのか。まさか、元同心が？」

鳥居耀蔵は急に不機嫌になって、二人を下がらせた。

控えの間から伸びた渡り廊下に出て、外の空気を吸った。城の中は数多い火鉢に熾《おこ》された炭火のせいで、汗が出るほどだった。

鳥居は着替えを始めていた。

疲れは巷《ちまた》で癒《い》やしたかった。

本当ならおこうの店に行きたかった。だが、その店はもう、この世には存在しなかった。そのかわりの店に行くしかなかった。

あの店に通いはじめたのは探索のためだった。シーボルト塾の俊英、戸田吟斎。おこうはその妻だった。

だが、通ううちにおこうという女の魅力に魅せられてしまったのだ。

だからこそ、手荒なことはしたくなかったのだ。それゆえに、おこうには怪我などがないように、無闇に脅したりもせずに、隠しているものを奪えと、あれほど言ったのに……。

あの馬鹿どもはくだらぬ策を実行し、肝心なものを奪えないまま、おこうを焼死させてしまったのだ。罰として、岡っ引きの茂平ともう一人を成敗したが、もともと倉田と渡辺もいっしょにその策に関わっていた。斬られる前にこっちで成敗しておけばよかったのかもしれない。

そのおこうも、自分の新しい店の場所や、弟の橋本喬二郎の隠れ場所が嗅ぎつけられた理由を知ったとしたら、さぞや驚いたことだろう。

「おこうさん。あんたの夫である戸田吟斎は、すでにわたしの手に落ちたのですよ」

と、鳥居は胸のうちで言った。

「おこうさん、あなたも信じた愛と自由と平等などという戯言《ざれごと》は、もうこの国に根付くことはありません。その痕跡《こんせき》がまだこの国にあるとするなら、それはわたしがこれから、ことごとくむしり取っていくのです」

その思いには、すこし切なさの感情も混じっていた。

鳥居耀蔵は着替えを終えると、本丸を出た。連れなどはいない。家来も小者も邪魔なだけである。

大手門、神田橋御門とくぐって、鎌倉河岸に向かった。

ここで猪牙舟《ちょきぶね》を拾い、麻布まで行くのである。いつもそうしている。

「麻布一ノ橋まで」

船頭に行き先を命じたときには、鳥居耀蔵はもう、どこか芒洋《ぼうよう》として人のよさそうな林洋三郎になっていた。

（4巻へつづく）

この作品は書き下ろしです。

夢泥棒《ゆめどろぼう》

女《おんな》だてら　麻布《あざぶ》わけあり酒場《さかば》3

風野真知雄《かぜのまちお》

平成23年6月30日　初版発行

発行人——石原正康
編集人——永島賞二
発行所——株式会社幻冬舎
〒151-0051東京都渋谷区千駄ヶ谷4-9-7
電話　03(5411)6222(営業)
　　　03(5411)6211(編集)
　　振替00120-8-767643
印刷・製本—図書印刷株式会社
装丁者——高橋雅之

幻冬舎時代小説文庫

ISBN978-4-344-41670-3　C0193　か-25-6